W0348484

d'ailleurs

collection dirigée par
Jean-Pierre Sicre

ALBATROS

DEBORAH SCALING KILEY

ALBATROS

La Croisière de la peur

avec la collaboration de
MEG NOONAN

Traduit de l'anglais par
KATIA HOLMES

PHÉBUS

LA TRADUCTRICE REMERCIE GILBERT GARCIN, NAVIGATEUR ÉMÉRITE, POUR SON PRÉCIEUX CONCOURS EN MATIÈRE DE TERMINOLOGIE MARITIME

Illustration de couverture :
Droits réservés

Titre original de l'ouvrage en anglais :
Albatross
© 1994 by Deborah Scaling Kiley
Published by special arrangement with Houghton Mifflin Company

Pour la traduction française
© Éditions Phébus, Paris, 1995.

A Brad Cavanagh
avec qui j'ai survécu.

A mon époux, John,
et à mes enfants, Marka et Quatro,
sans lesquels je n'aurais pu survivre
à ma survie.

REMERCIEMENTS

Jamais je n'aurais pu écrire ce livre sans le soutien ni la compréhension de mes amis, de ma famille et de quelques personnes du monde de l'édition.

Que soient remerciés l'école de Colorado Springs et son centre d'activités de plein air qui m'ont appris à avoir foi en moi-même et m'ont inculqué les principes de survie.

Merci à Jill Kneerim, Nina Ryan, Ike Williams et Art Horan d'avoir cru en « Albatros » dès le début. Merci à Harry Foster pour sa patience et ses précieux conseils, et à Meg Lukens Noonan pour son talent et sa sensibilité. Merci aussi à Nim Marsh et Jeremy McGeary qui contribuèrent à la germination du projet d'écriture. Qu'Anamika et Anne Hoye soient ici remerciées de m'avoir aidé à faire face au stress et à la colère ressentis en revivant mes souvenirs, et de m'avoir appris à voir la lumière.

Merci aussi à ma famille et à mes amis qui m'ont épaulée aux pires moments de crise, m'offrant leur soutien, leur amour et leur compréhension indéfectibles. Toute ma gratitude à Bamama, Dan et Betty, Jan White, Diana « Lady Di », Judy Brodkin, Michele Powers, Jane McDonough, Peter Webster, Auntie Skeet et Uncle Jim Calhoun, Tisa et Dave Brian. Un merci tout particulier à Brad qui, s'il n'est pas toujours d'accord avec moi, sait toujours écouter, et à ma mère, pour m'avoir faite forte.

Un grand merci aussi à l'équipage du cargo russe Olenegorsk et au Dr. Leonid Vassiliev pour leur bravoure et leurs qualités de navigateurs qui permirent notre sauvetage.

Merci enfin à mon époux, John, et à mes enfants, Marka et Quatro, pour leur amour inconditionnel et leur présence à mes côtés.

Qui a connu cimes et abîmes
Jamais ne retrouvera la paix,
Telle que la goûte un cœur tranquille
Devant une murette couverte de lierre, un jardin clos,
L'éternel enchantement d'une rose.
Et, bien qu'il partage l'humble cheminement des hommes,
Jamais il ne reparlera la langue de ses pairs.

PROLOGUE

Février 1984
Kennebunkport, Maine

Je ne sais pourquoi j'ai accepté d'aller surfer ce dimanche glacé de février : j'étais nulle en surf et j'avais une gueule de bois épouvantable. Un fort vent de nord-est qui venait de balayer le Maine soufflait de la côte vers le large, formant d'énormes rouleaux dans son sillage. Woody me persuada qu'il était pratiquement de mon devoir de profiter de ces conditions exceptionnelles.

– Ne fais pas la poule mouillée ! lança-t-il, taquin, au téléphone, sachant bien qu'on n'avait pas besoin de m'en dire davantage.

De ma vie, je n'avais refusé un défi. Courage ou stupidité ? Quoi qu'il en soit, j'étais née avec une forte dose de la chose. Vertu ou défaut qui, au fil des ans, m'avait apporté de terribles souffrances et des joies inimaginables.

Woody vint me chercher, se garant devant la petite maison que je louais, un pavillon habillé de bois peint en blanc. Il suivait une formation d'enseignant à l'école d'architecture de navigation de plaisance où je prenais des cours.

– T'es encore de ce monde ? s'enquit-il d'une voix rauque de lendemain de fête, tandis que je grimpais dans la cabine de sa vieille camionnette.

– A peine.

– Super soirée, hein !

– Ouais, super, répondis-je en massant un point douloureux juste au-dessus de mes paupières.

Woody prit la route déserte qui menait à la plage. Le chauffage de la camionnette me soufflait de l'air froid sur les genoux. On était à la morte-saison qui s'abat sur le bord de mer du Maine entre Noël et l'époque de l'invasion des touristes, et tout semblait se fondre en un gris pisseux, inerte : le ciel bas, les maisons de plage vides, les plaques de neige éparses, piquetées de gravier.

– Dis donc, c'est sinistre par ici ou c'est moi ? remarquai-je, en envoyant valser du pied une bouteille de Jack Daniel's qui traînait sur le plancher métallique couvert de sable.

– Ça, c'est pour tout à l'heure, fit Woody. Tiens, prends une bière. Il y en a six derrière la banquette.

Regardant défiler le paysage par la vitre, j'ouvris une boîte de Budweiser. On passait devant l'Auberge de la Grange Blanche, un des rares restaurants du coin à rester ouvert toute l'année. Des volutes de fumée montaient de la cheminée et il y avait quelques voitures garées sur le parking, toutes maculées du sel répandu sur la route.

Plus on se rapprochait de la plage, et plus j'aurais aimé me trouver à la Grange Blanche à siroter un Bloody Mary et à nettoyer une assiette de sauce hollandaise avec un muffin à l'anglaise. Au lieu de quoi je me gelais les fesses dans ce camion pourri, et j'allais surfer avec un mal de crâne à tout casser !

On se gara devant la grande plage de sable bien damé. L'océan était sombre et déchaîné, je ne l'avais encore jamais vu si méchant par ici. Une demi-douzaine de surfers chevauchaient leurs planches pour dépasser l'endroit où éclataient les gros rouleaux. Il y en avait deux qui ramaient avec les mains à la poursuite d'une grosse vague mais, avant même qu'ils aient pu se dresser sur leurs planches, ils furent catapultés aussi violemment que s'ils avaient été propulsés par un canon.

– Merde alors, elles sont géantes ! m'exclamai-je en vidant ma bière d'un seul trait.

Je commençais à avoir la frousse. Respire bien à fond, me dis-je en moi-même, bien à fond. J'avais des fourmillements dans les mains. Et j'étais furieuse d'être dans un tel état. Dire qu'à une époque j'aimais la mer par-dessus tout, même quand elle était déchaînée ! Maintenant, j'en avais affreusement peur.

– Génial ! s'écria Woody qui exprimait son enthousiasme en tapotant le volant de ses poings. Le parfait remède à la gueule de bois : garanti et instantané !

J'arrivai à peine au bord de l'eau que Woody disparaissait déjà au-delà des vagues. Je mis le pied à l'eau. Le froid me coupa le souffle malgré ma combinaison. Me couchant sur la planche, je me mis à pagayer des mains aussi vite que je le pus pour dépasser la zone où se brisaient les vagues.

J'étais seule. Woody et les autres étaient déjà un peu plus loin, cachés par le gros dos noir des rouleaux. Je claquais des dents. A cheval sur ma planche, je montais et descendais au gré de la forte houle. Mais qu'est-ce que je fiche ici, pensai-je avant de le crier au vent. Je ne veux plus jamais remettre les pieds en mer !

Me retournant, j'aperçus une énorme vague qui roulait vers moi. Je m'allongeai et me mis à pagayer vivement. Je sentis l'eau me soulever et je me retrouvai soudain propulsée à toute allure vers le rivage. Quand la planche dérapa sur le sable dans un grand déferlement d'écume blanche, je sautai sur la plage pour la tirer au sec. Je tremblais comme une feuille, de tout mon corps.

Et si je m'installais dans le camion pour attendre Woody ? J'avais dit que j'irais surfer, eh bien, c'était chose faite. J'avais fait un tour, ça devait suffire. Woody arriva, porté par une vague : il sauta de sa planche et me fit signe de repartir pour un tour. Bon d'accord, je veux bien essayer encore une fois.

Mais ensuite, je rentre. Je me choisirai une petite vague facile et pépère pour me porter gentiment jusqu'au rivage.

Je repartis en ramant avec les mains, m'élevant et plongeant au gré de la mer démontée. Chevauchant ma planche, je m'efforçai de respirer profondément – une fois, deux fois. Soudain, une énorme vague m'arriva dessus, m'entraînant dans les turbulences de son sillage. La lanière de sécurité se tendit brusquement et me tira vers le fond – ou était-ce vers le haut ? Je ne savais plus. Je manquais d'air, j'étais coincée sous l'eau. La panique s'empara de moi, me transperçant le corps de picotements brûlants. Et les souvenirs resurgirent tout d'un coup : plus moyen de les arrêter.

Tout me revint : le bateau, la tempête, le vent, les requins, le froid, la peur, cette terrible peur bleue comme la glace. Je voulais que ça s'arrête, mais je continuais à rouler et à tomber sous l'eau, à suffoquer. Impossible de remonter, impossible d'arrêter le cauchemar.

Je réussis enfin à refaire surface : suffoquant, je vomis dans la mer. Une autre vague s'abattit sur moi et je fus à nouveau emportée sous l'eau, en roulé-boulé arrière, jusqu'à ce que mes épaules raclent le fond. Puis il y eut encore un rouleau, et un autre. J'étais totalement désorientée, j'avais perdu tout contrôle, je ne savais plus si le ciel se trouvait au-dessus ou au-dessous de moi. Enfin, je repris pied sur le sable et sortis de l'eau tant bien que mal. Toussant et pleurant, je regagnai le camion en titubant.

Toutes les horreurs que j'avais essayé d'enfouir en moi resurgissaient, envahissant tout : le grondement des déferlantes devenait hurlement à mes oreilles, l'odeur du varech tournait à la puanteur des chairs en décomposition. Me précipitant dans le camion, je claquai la porte, posai le front sur mes genoux et éclatai en sanglots.

– Mais qu'est-ce que tu fiches là ? lança Woody en ouvrant la porte du côté conducteur. T'as raté toutes les meilleures vagues !

– Faut que je rentre chez moi, soufflai-je.

Il y avait vingt minutes que j'étais dans le camion et je ne pouvais toujours pas m'arrêter de trembler.

– T'as froid ? J'avais effectivement peur que la combinaison soit trop grande pour toi.

– Faut vraiment que je rentre, répétai-je, le regard fixé droit devant moi.

– Ça va pas ? Tu te sens pas bien ?

– Faut que je rentre, c'est tout.

– Dis donc, ça t'ennuierait pas d'attendre encore deux minutes ? J'ai assez envie d'en refaire un petit coup.

– S'il te plaît, tu pourrais pas me ramener tout de suite ? répondis-je lentement.

Respire à fond, me disais-je, respire.

– Bon, d'accord. Laisse-moi juste me changer. Tu veux pas en faire autant ? t'as l'air gelée...

– Non, crois-moi Woody, il faut que je rentre chez moi ! dis-je en éclatant en sanglots, incapable de me contenir. Magne-toi un peu ! Remonte dans ton foutu camion et ramène-moi !

– Bon, bon, j'arrive. Calme-toi un peu, va.

Il s'installa et démarra.

– Excuse-moi, dis-je en me cachant le visage dans les mains.

Woody me reconduisit sans mot dire. A l'école, tout le monde était au courant du terrible accident de navigation que j'avais subi, mais je n'y avais fait que très brièvement allusion avec Woody et, bien qu'il ait essayé de me prêter une oreille compatissante, je savais qu'il ne pouvait pas comprendre ce que j'avais vécu.

Pas plus que je ne le comprenais moi-même, d'ailleurs, je m'en rends compte rétrospectivement. Moi qui croyais avoir assez bien géré le problème : je suis forte, je peux assumer... Je me disais : Deb, c'est comme après une chute de cheval, il suffit de remonter dessus.

Il était rare que je parle de ce qui m'était arrivé en octobre 1982. J'avais essayé d'évacuer la terrifiante expérience en la rejetant, tel un sac d'ordures dégoûtantes. Je pensais qu'il me suffirait de mener une vie aussi normale que possible – assister aux cours, regarder la télévision, aller à des fêtes – pour être normale. J'avais tort...

Quand Woody s'arrêta devant chez moi, je sautai du camion, je courus à la porte, la verrouillai et me laissai tomber contre elle. Je fondis en larmes. Je pleurai jusqu'à la nuit tombée et, m'étant couchée, je continuai à sangloter jusqu'au lever du jour.

Je passai les trois semaines suivantes terrée chez moi, porte close, sans répondre aux amis qui venaient me voir. Je n'allais pas aux cours, je mangeais à peine. Et quand il m'arrivait de faire un repas, je le terminais en m'enfonçant un doigt dans la gorge pour me faire vomir. Je voulais tout évacuer, me vider complètement.

Les seuls contacts que j'eus furent par téléphone avec mon père au Texas et ma mère à La Nouvelle-Orléans. Mon père m'écouta et fit de son mieux pour trouver des paroles réconfortantes. Ma mère se voulait un soutien, mais je sentais bien qu'elle n'avait pas vraiment envie d'en apprendre plus long sur mes problèmes. Dieu sait qu'elle avait déjà assez des siens ! Agrippée au téléphone des deux mains, je ne cessai de répéter à mes parents, d'une voix que je reconnaissais à peine, que je devenais folle, qu'il fallait que je quitte cet endroit.

Mon père finit par déclarer qu'il allait m'envoyer un billet d'avion. Je n'avais pas la moindre idée de ce que je ferais au Texas, mais je savais qu'il fallait que je parte. Il fallait fuir tout ce qui me faisait perdre la tête : les bateaux comme unique sujet de conversation, l'odeur de la marée basse, les gens qui me répétaient toujours que j'avais eu une sacrée veine de m'en tirer saine et sauve. Comment leur expliquer que, de mon point de vue, ce n'était pas une chance ? Que le fait d'être en vie me semblait plus une malédiction qu'un cadeau ?

C'est le 28 octobre 1982 que j'ai été sauvée en mer. A en croire tous les articles de journaux de l'époque, j'étais de ceux qui survivent parce qu'ils sont des « battants ». Mais il me fallut près de dix ans pour m'en persuader moi-même. Car je vécus la décennie qui suivit le naufrage comme une vraie tempête, aussi réelle, aussi terrifiante et démesurée que celle qui avait envoyé mon bateau par le fond. L'accalmie ne se profila que lorsque je commençai à raconter à d'autres ce qui m'était arrivé. Et maintenant que je m'assieds devant une feuille blanche pour écrire mon histoire, je suis convaincue que le naufrage du *Trashman* fut à la fois la pire catastrophe de mon existence et ma rédemption.

1

Début septembre 1982
Bar Harbor, Maine.

Quelques jours à peine après la fête du travail [1], la qualité de la lumière avait déjà changé à Southwest Harbor. Le flou laiteux du mois d'août s'était évanoui, remplacé par l'image nette d'un monde coloré et riche de possibles. Du haut du long ponton de bois des chantiers navals Hinckley, j'inspirais longuement : ah, l'odeur de la marée basse, une senteur qui me réjouissait toujours le cœur !

A quelques centaines de mètres du rivage, un cat-boat jaune, sa large voile embrasée par le soleil matinal, tirait lentement des bords entre les énormes yachts au mouillage. Je marchai jusqu'au bout du quai et m'y assis, laissant pendre mes jambes au-dessus de l'eau. Des ports, j'en avais vu des quantités depuis trois ans, mais celui-ci était sans doute l'un des plus jolis, avec ses eaux tranquilles d'un bleu saphir et son rivage frangé de grands pins, tapi au pied de montagnes en courbes douces. Quel endroit superbe ! Mais je savais que, d'ici un mois, le vent du Nord ferait chuter la température et

1. *Labor Day :* congé légal pour la fête du travail qui a lieu le premier lundi de septembre. *(NdT)*

qu'il valait mieux ne pas trop s'attarder : c'était le moment de partir vers d'autres cieux.

Je séjournais dans le Maine depuis le mois de juin. Après avoir participé à la Transatlantique France-Louisiane, j'avais décidé de passer quelque temps sur le plancher des vaches et j'étais d'abord allée chez ma mère, à La Nouvelle-Orléans. Mais on n'avait pas tardé à se chamailler, comme d'habitude, et moins d'une semaine plus tard, elle me laissait clairement entendre que j'étais indésirable.

Ayant pris un autobus pour le nord du pays, j'étais arrivée à Bar Harbor avec moins de cinq dollars en poche. Après quelques semaines sous tente, j'avais trouvé un petit boulot de serveuse chez Bubba, un restaurant à la mode où j'avais travaillé tout l'été. Maintenant, j'avais un appartement, deux mille dollars sur mon compte en banque et quelques amis. Mais ça me démangeait terriblement de reprendre le large.

Après trois ans de navigation sur de grands voiliers, j'avais par-dessus tout envie de repartir en mer. Au début, j'étais restée quelque temps dans les Caraïbes à caboter sur des bateaux affrétés par les touristes ou à faire des régates, puis j'avais fait la traversée jusqu'en Angleterre où, grâce à mon baratin, j'avais réussi à me faire accepter comme cuisinière à bord d'un yacht inscrit dans la Whitbread autour du monde qui dure un an. Ensuite, j'avais fait partie de l'équipage entièrement féminin d'un bateau qui avait couru la Transatlantique jusqu'à La Nouvelle-Orléans. J'avais alors éprouvé le besoin de marquer une pause. Mais maintenant, il était temps de repartir et j'avais commencé à demander autour de moi s'il n'y avait pas un bateau en quête d'équipiers. Ce fut peu après que le skipper d'un yacht mouillé à Southwest Harbor vint me trouver chez Bubba pour me dire qu'il cherchait un équipage pour conduire un bateau à Fort Lauderdale.

Je repérai le superbe *Boothbay Challenger* mouillé à quelques centaines de mètres du quai. Sur l'étrave figurait le nom du bateau en lettres dorées : *Trashman*. Quel affreux nom pour un si joli yacht [1] ! John Lippoth, le skipper, quitta le pont pour monter dans le Zodiac amarré au flanc du bateau. Il dirigea le canot pneumatique vers le quai, le petit moteur ridant à peine les eaux calmes. Il m'adressa un signe de la main que je lui rendis.

– Belle journée, non ? fit-il en accostant le quai et me lançant l'amarre du Zodiac.

Il remonta la visière de sa casquette bleue marbrée de taches de sel, découvrant la fente étroite de ses yeux. Il avait les rides profondes d'un homme qui a passé le plus clair de son temps en mer.

– Ça me donne envie de naviguer, répondis-je.

John prit son porte-documents de toile et grimpa à quai. Il était maigre comme un clou : on avait l'impression qu'il aurait suffi d'un faux mouvement pour que son jean lui dégringole sur les chevilles. Une moustache blonde et tombante allongeait encore son visage mince. Il pouvait avoir cinq ans de plus que moi, pensai-je – environ vingt-neuf ou trente ans.

– J'ai juste un coup de fil à passer en vitesse, expliqua-t-il. Ça vous embête pas d'attendre ici une minute ? Ensuite, je vous emmènerai visiter.

John remonta son jean taché de peinture et se dirigea vers le bout du quai. D'où je me trouvais, on entendait le vrombissement des ponceuses électriques dans les grands hangars à toit métallique des chantiers navals. Dire qu'à deux pas d'ici se fabriquait un Hinckley, la Rolls des yachts ! Le seul fait de le savoir vous procurait un sentiment magique. John pouvait prendre une heure, ça n'avait aucune importance : je me sentais parfaitement bien là.

Une dizaine de minutes plus tard, il était de retour.

– Montez donc, proposa-t-il. Asseyez-vous là.

1. *Trashman* signifie « éboueur, chiffonnier »... *(NdT)*

John fit démarrer le moteur et sortit une Heineken d'une petite glacière en plastique.

– Z' en voulez une ? me demanda-t-il en décapsulant la canette.

Je fis non de la tête. Il but une longue gorgée au goulot, passa sa langue sur sa moustache et donna des gaz. L'avant du Zodiac se souleva sous l'effet de l'accélération et je m'accrochai à la main courante, une corde en synthétique fixée tout autour du canot, sur le boudin supérieur. Traversant le port à toute allure, le visage caressé par le soleil et une fine poussière d'eau salée, je me sentis aussitôt plus heureuse que je ne l'avais été depuis des mois.

En approchant du *Trashman*, je pris mieux la mesure du bateau : il y avait un bout de temps que je n'avais pas navigué sur pareil pur-sang ! C'était un ketch, un deux-mâts élancé, bien équilibré, et dont la tonture avait une courbe gracieuse. La coque était d'un beau vert sapin et il y avait juste ce qu'il fallait de parements de teck pour que le bateau soit élégant sans être d'un entretien trop difficile. Sur le pont se dressait un grand rouf blanc d'une taille nettement supérieure à ce qu'on voit d'habitude, avec trois gros hublots de chaque côté.

Le bateau avait besoin d'une petite toilette. John m'expliqua qu'il ne l'avait en main que depuis quelques semaines et il était clair qu'il n'avait guère eu le temps de le briquer.

En examinant le gréement, je constatai que le bateau était accastillé avec le dernier cri des équipements de croisière : foc, grand-voile et voile d'artimon équipés d'enrouleurs [1], winches électriques. Un canot Dyer Dhow en fibre de verre blanche et luisante était suspendu à des potences à l'arrière du bateau.

– Pas vilain, non ? C'est un Alden, il n'y en a eu que quatre de construits, précisa John. Le propriétaire est plein aux as.

1. « Dispositif qui réduit la surface des voiles en les enroulant, évitant ainsi les changements de voile. » *Manuel des Glénans. (NdT)*

Il a fait son fric dans le ramassage d'ordures ou quelque chose dans ce goût-là.

– D'où le nom de *Trashman*...

– Pigé.

– Drôle de nom pour un yacht, malgré tout.

– Ouais.

– Il réagit bien en mer ?

– Pas mal pour un bateau de croisière.

Je suivis John sur le pont. Le propriétaire avait visiblement fait équiper son yacht de manière à assurer un maximum de confort et de facilités. Ce type de gréement convient bien aux voiliers de croisière, mais ce qu'on y gagne en commodité se perd souvent en performance, je le savais.

On descendit l'échelle qui menait au carré dont la luminosité me stupéfia. Moi qui étais habituée aux sombres oubliettes des cabines de voiliers de course, une telle débauche de lumière sous le niveau du pont me semblait un luxe invraisemblable. Il y avait un grand divan en L à tribord et deux fauteuils capitonnés à bâbord. Dis donc, je pourrais y prendre goût, pensai-je. J'avais eu plus que mon compte de voiliers de course où l'on est serré comme des sardines, de couchettes trempées, d'aliments lyophilisés. J'en avais eu assez pour une vie entière.

– C'est un vingt-deux mètres mais il fait bien plus grand, vous trouvez pas ?

John se tourna vers la chaîne stéréo et mit une cassette. La voix de Steve Winwood jaillit des haut-parleurs à plein volume.

– Venez, je vais vous montrer les cabines et le coin cuisine, reprit John.

Je le suivis, descendant les quelques marches qui menaient au coin cuisine. Il y avait de la vaisselle sale et des tasses à café empilées dans un petit évier, des canettes vides de Heineken sur tous les plans de travail, un paquet de chips ouvert, par terre.

– C'est un peu le bordel en ce moment, marmonna John en m'entraînant plus loin.

Dans l'enfilade de la cuisine se trouvait une autre cabine avec deux couchettes superposées, et à l'avant du bateau la cabine des équipiers, un espace triangulaire avec des couchettes de chaque côté, un petit cabinet de toilette et de grands placards pour ranger les voiles et le matériel. Visiblement, personne n'avait couché là depuis fort longtemps : il y avait des voiles, des sacs, des cordages et des outils dans tous les coins.

– Maintenant je vais vous montrer où je campe.

Refermant la porte de la cabine de l'équipage, John passa devant la descente [1] et dégringola quelques marches, tout près des instruments de navigation situés à tribord. Un petit couloir débouchait sur la vaste cabine de propriétaire, dotée de deux énormes couchettes – une de chaque côté – et d'un cabinet de toilette spacieux, avec douche.

– Plutôt pas mal, dis-je.

Les deux lits étaient défaits. Il y avait des vêtements en boule et des bouteilles vides partout. Ça empestait la cigarette.

De retour au salon, John repartit vers la cuisine et en revint avec deux Heineken.

– Vous m'avez l'air d'avoir soif, déclara-t-il. (Je pris la canette qu'il me tendait.) Alors, voilà le topo, poursuivit-il en allumant une cigarette. Comme je vous ai dit chez Bubba... Il me faut un cuisinier doublé d'un mousse, quelqu'un qui m'aide à tenir le bateau propre. D'ici une quinzaine de jours, on embauchera des équipiers et on filera en Floride.

J'opinai du chef.

– Le jour de l'an, on met le cap sur les îles, on passe chercher le propriétaire et on part en croisière.

– Joli programme, répondis-je sans préciser à John qu'en vérité je voulais simplement rejoindre la Floride.

1. Passage équipé de marches ou d'une échelle, selon la taille du yacht, et permettant d'accéder du pont aux cabines. *(NdT)*

Qui sait, je me plairais peut-être tant à bord du *Trashman* que j'aurais envie d'y passer tout l'hiver... Mais pour l'instant, je préférais naviguer à l'instinct.

– Bon, va falloir que je vous pose quelques questions et que vous envoyiez votre C.V. à Morris Newberger – c'est lui, le propriétaire –, pour voir ce qu'il en pense.

– D'accord.

– Vous avez déjà participé à des courses, vous m'avez dit l'autre soir, non ?

John s'assit en tailleur et entreprit d'agrandir le trou qu'il avait à la semelle d'une de ses chaussures de bateau éculées.

– Ouais, il y a deux hivers, j'ai fait le circuit des Caraïbes – surtout des bateaux affrétés pour la croisière – et je me suis retrouvée à Antigua en 1981, pour la Semaine de course. Ensuite, je suis partie en Angleterre sur un deux-mâts à coque en ferro-ciment [1], après quoi j'ai fait la Whitbread sur le *Xargo*.

John tira une longue bouffée sur sa cigarette et resta un moment sans rien dire. J'avais l'habitude : les gens réagissaient souvent par un long silence quand je racontais que j'avais participé à la Whitbread – la première Américaine à le faire. Certains restaient sceptiques, mais j'avais réellement vécu cette aventure : j'avais croisé le cap Horn, subi l'assaut des vagues de vingt mètres dans l'Atlantique Sud, vu des baleines et des albatros, et fait la cuisine pour dix hommes qui me traitaient tantôt en mascotte, tantôt en esclave.

– Le *Xargo* ?

– Oui, le bateau sud-africain.

– Je croyais qu'on n'acceptait pas les filles dans la Whitbread, s'étonna John.

– Je les ai plus ou moins convaincus de le faire.

– Qu'est-ce que vous faisiez à bord ?

1. Ces coques sont fabriquées selon une technique qui combine une armature métallique et un revêtement fait d'un ciment spécial. *(NdT)*

– J'étais là pour cuisiner mais, vous savez comment ça se passe sur un bateau, j'ai fini par faire tout un tas de choses. Je suis restée à bord près d'un an.

– Je connais un type qui a fait ça. Il a dit que c'était l'enfer, il brûlait de débarquer.

John se leva pour aller chercher une autre bière. Je lui fis signe que la mienne n'était pas finie.

– Ça convient pas à tout le monde, c'est sûr, commentai-je assez fort pour me faire entendre de la cuisine.

– Moi, je préférerais les îles, fit John en rentrant dans le carré. (Enlevant sa casquette, il se passa la main dans les cheveux. Des cheveux dégarnis et décolorés par le soleil.) Je suppose que vous n'aurez pas de mal à naviguer sur cette bête-là, non ?

– Non, je pense pas.

– Bon, voyons... Qu'est-ce qu'il reste à discuter ?... (John semblait mal à l'aise.) Bon Dieu, j'ai une faim de loup ! Voulez pas aller casser une croûte ? Il y a un petit restau près de chez Hinckley. Les Mouillages.

Je suivis John sur le pont. Il paraissait plutôt sympathique, peut-être un peu gauche de manières mais pas désagréable. En tout cas, j'étais soulagée de constater qu'il me considérait comme un équipier, sans aucun sous-entendu. J'avais fréquenté suffisamment de bateaux et de plaisanciers pour savoir que naviguer ensemble voulait souvent dire coucher ensemble. Or, tout ce que j'attendais de John, c'était un passage vers le Sud.

Tandis que John partait détacher le Zodiac, je restai sur le pont à contempler Cadillac Mountain. Quelques arbres avaient déjà viré au roux, près du sommet dénudé. Je respirai profondément, goûtant l'odeur chaude et épicée du bois de teck chauffé au soleil. Aucun parfum au monde ne peut rivaliser avec une telle senteur ! Je me décidai sur-le-champ : si John m'offrait la place et si la paie était correcte, j'étais preneuse.

Ayant rejoint le quai en Zodiac, on marcha jusqu'aux Mouillages, un restau spécialisé dans les fruits de mer, la soupe de poissons et de crustacés, et qui avait de grandes baies vitrées donnant sur le port. J'aurais aimé m'installer à une table avec vue sur mer mais John fonça droit sur le bar. Le barman décapsula aussitôt une canette de Heineken qu'il posa devant lui, sur un dessous de bière en carton.

– Ben alors ! Vous venez souvent ici ? m'étonnai-je.

Il commanda un hamburger et gémit en m'entendant dire que je ne voulais qu'une petite salade, avec l'assaisonnement servi à part.

– Pas étonnant que vous soyez si maigre ! s'écria-t-il.

– Eh ouais, maigre comme un clou.

– Rien que la peau et les os. Voyons, prenez un hamburger ou quelque chose. C'est moi qui régale.

Il y avait longtemps que j'avais des rapports difficiles avec la nourriture. Je luttais contre la boulimie depuis l'époque où, adolescente mal dans ma peau, on m'avait envoyée en pension. Cet été-là, je faisais justement mon possible pour dominer le problème, quoique sans grand succès.

– La salade suffira amplement, confirmai-je au garçon.

Le repas se passa à parler de voile et à explorer nos passés respectifs pour voir si nous avions des connaissances mutuelles. De fait, il n'y en avait guère. J'avais surtout navigué en haute mer ou au départ de l'Europe. John, lui, avait grandi dans le Maine, devenant moniteur de voile l'été. Il parla de quelques-uns des bateaux sur lesquels il avait travaillé. De toute façon, pensai-je, il doit être assez fort pour avoir décroché le boulot de skipper du *Trashman*.

Le déjeuner terminé, John déclara qu'il allait téléphoner à Newberger dans l'après-midi et me rappela de penser à envoyer mon C.V. Newberger habitait Dallas : étant née dans un ranch à Throckmorton, au Texas, je me dis que l'affaire serait dans le sac dès qu'il verrait d'où je venais !

Une semaine plus tard, je trouvai John assis au bar des Mouillages, tapotant un paquet de cigarettes sur la paume de sa main gauche.

– Salut ! lançai-je.

John leva le regard sur moi : il avait les yeux effroyablement injectés de sang.

– Pas de nouvelles de Newberger, fit-il. Mais vous aurez le boulot, j'en suis pratiquement sûr.

– Super. J'en ai vraiment envie.

– Écoutez, reprit-il en sortant une cigarette du paquet. Vous croyez que vous pourriez continuer à travailler chez Bubba le soir, et venir dans la journée m'aider à préparer le bateau ?

– Je suppose que je pourrais m'arranger.

– Y a quelques trucs que j'ai pas encore eu le temps de faire...

Je remerciai John et m'apprêtai à repartir.

– Hé, où vous filez comme ça ? Restez donc, prenez une bière avec moi. Faut fêter ça !

John fit un signe de la main au barman :

– Deux autres petites vertes [1], hein !

Je me rassis. Après tout, pourquoi pas ? pensai-je. Je n'avais pas besoin d'arriver au travail avant quatre heures et demie.

Je passai les trois semaines suivantes à travailler de jour sur le *Trashman* et le soir chez Bubba. J'appréciais le travail physique de préparation d'un bateau pour la mer, et le *Trashman* répondait à mes efforts. John m'avait confié toutes les tâches « ménagères » – nettoyage des placards, stockage des provisions, rangement du matériel – et une partie de la remise en état du pont. Il se chargeait de tout le reste.

1. Vraisemblablement un surnom des canettes d'Heineken, à étiquette verte. *(NdT)*

Je m'aperçus très vite que John n'était pas un travailleur acharné, ni très fiable. Quand j'arrivai pour prendre du service, le premier matin, il n'était pas à quai et je dus faire du bateau-stop pour rejoindre le *Trashman*. Une fois à bord, je le trouvai étendu sur sa couchette tout habillé, à moitié dans le cirage, ronflant la bouche ouverte. Quand enfin il se réveilla, il passa l'heure qui suivit à geindre en fixant le fond de sa tasse de café.

Mais surtout, John raffolait de ce qu'il appelait ses petites « fêtes ». On fêta mon premier jour de travail à bord en débarquant à terre pour un déjeuner qui dura trois heures. Et, pour fêter l'annonce de mon embauche officielle par Newberger, on poussa jusqu'à Bar Harbor pour une tournée des grands ducs qui nous entraîna d'un bout à l'autre de la ville.

Les bateaux sur lesquels j'avais travaillé précédemment étaient des voiliers de course capricieux qui exigeaient énormément de maintenance. Personne ne glandait, en tout cas pas avant la fin de la course. On vivait toujours en fonction d'une échéance, d'un départ à ne pas manquer, ou de la préparation de l'étape suivante d'une course. J'étais habituée à me décarcasser pour veiller à ce que tout soit bien acheté, fait ou réparé. D'autant que je travaillais généralement pour des skippers perfectionnistes.

Mais avec le *Trashman*, on n'avait pas de sentiment d'urgence, pas l'impression qu'il fallait se démener pour que tout soit prêt. Puisqu'on ne naviguerait que deux jours d'affilée chaque fois, au plus, John déclara qu'on s'approvisionnerait au fur et à mesure. Après tout, si ça l'amusait de tuer le temps à glandouiller, personnellement, ça ne me gênait pas ! Et je me disais qu'il retrouverait son sérieux quand on prendrait la mer.

Un après-midi de pluie, aux Mouillages, John sortit de son porte-documents de toile un C.V. soigneusement tapé à la machine qu'il me tendit. Très impressionnant, dis-je

– remarque attendue de la part d'un équipier. C'était vrai, au demeurant : il y avait de fameux bateaux sur sa liste, mais aucun poste ne semblait avoir duré très longtemps. Quand je m'en étonnai, John expliqua qu'il y avait toujours eu quelque chose pour mettre un terme prématuré à ses missions – conflits de personnalité, dates incompatibles, changements de programme imprévus.

Son dernier boulot avait été à bord du *Black Knight*, une vedette de vingt-huit mètres à coque noire que j'avais vue un jour à Newport. John raconta qu'il avait travaillé sur ce bateau avec sa petite amie, Meg Mooney.

– Et pourquoi n'est-elle pas à bord du *Trashman?* demandai-je, sachant fort bien que ça ne me regardait pas, mais que John était assez éméché pour me l'apprendre.

– Newberger m'a dit de ne pas l'embaucher.

– Et pourquoi ferait-il une chose pareille ?

– On a eu quelques ennuis à bord du *Black Knight*. Une ou deux engueulades. Oh, rien de terrible ! Mais y a eu des gros bonnets que ça a emmerdé.

– Et Newberger était au courant ?

– Il en a entendu parler quelque part. Alors il a décrété que Meg ne pouvait pas venir. De la connerie pure, non ? fit John dont le coude glissa du bord du bar.

J'avais souvent vu des couples pas très solides exploser carrément dans l'espace clos d'un bateau. Mais je n'avais encore jamais entendu parler d'un cas où les choses s'étaient envenimées au point que le couple fût mis sur liste noire. Je tentai d'en savoir plus long, mais John n'avait apparemment guère envie de s'étendre sur le sujet de Meg.

– De toute façon, j'en ai rien à foutre, marmonna-t-il, une cigarette éteinte pendue aux lèvres.

Il se débattait maladroitement avec son briquet. Je lui tendis des allumettes qui traînaient sur le bar.

– On a rompu. Voilà. C'est une vraie salope. Qui est-ce qui veut s'emmerder avec ça, hein ?

Je n'avais pas la moindre intention de me mêler de la vie sentimentale de John. Je m'occupais de ce que j'avais à faire à bord du *Trashman* et je veillais à entretenir des rapports de franche camaraderie entre nous. Quand il voulait de la compagnie pour aller boire, j'étais généralement consentante, et s'il préférait rester seul, je gardais mes distances.

Tout allait si bien que je réussis même à avoir quelques conversations correctes avec ma mère, au téléphone. Cependant, le jour où elle m'annonça qu'elle songeait à monter dans le Nord pour aller voir mon demi-frère, Lee, étudiant à Boston, et en profiter pour venir me dire bonjour à Bar Harbor, je paniquai. Il faut dire que ma mère n'est guère du genre de la mère classique, si tant est qu'il en existe. Sa vie – et la mienne, par voie de conséquence – a toujours été une sorte de long feuilleton à épisodes délirant.

Fille d'un riche propriétaire de ranch texan, à dix-sept ans elle avait épousé un cow-boy du coin, m'avait donné naissance et avait divorcé de mon père avant même d'avoir vingt ans. Ex-alcoolique, ma mère était une beauté qui attachait une grande importance aux apparences. Elle était furieuse à l'idée que son unique fille passait son temps à bourlinguer sur des voiliers. En fait, je n'avais jamais su la satisfaire, pas plus quand j'étais toute petite qu'adolescente à la repartie trop vive, ou que maintenant. J'avais toujours l'impression qu'elle me tenait pour responsable de tout ce qui pouvait lui arriver de moche dans l'existence, et je savais que si l'on se voyait, les vieilles disputes ne tarderaient pas à reprendre.

Elle arriva par un beau matin frais et ensoleillé, et tout se passa bien pendant les premières heures. On l'emmena en Zodiac, John et moi, lui faisant faire plusieurs fois le tour du *Trashman* pour qu'elle puisse bien le voir. Ensuite, on partit déjeuner aux Mouillages tous les trois. Ma mère était en grande forme et John semblait totalement subjugué. Je savais à quel point il était facile d'être ébloui par cette femme pleine de charme et parfaitement coiffée – tant qu'elle n'était pas votre mère… Quant à moi, je craquais complètement. Je me surpris à engloutir très vite un cheeseburger et à commander une tarte aux pommes garnie de glace à la vanille, tout en guettant le moment propice pour foncer au toilettes et me délester de ce que j'avais avalé.

– Pourquoi gâches-tu ta vie de la sorte ? me demanda ma mère plus tard, au bel hôtel de Northeast Harbor où elle était descendue. Quand vas-tu enfin te décider à t'installer pour de bon ?

– Ah, mère, ne recommence pas !

– Il ne me plaît pas du tout ce John. Il a quelque chose de bizarre. Je n'approuve guère cette idée de s'embarquer comme ça avec lui…

– C'est vrai que toi, n'est-ce-pas, tu sais si bien juger du caractère des gens !

– Pardon ? Tu dis ?

– Il n'est pas si mal que ça. Et puis d'abord, tu ne le connais même pas.

– Tu as changé de coiffure ou quoi ? remarqua-t-elle en tendant le bras pour faire une raie à ma frange avant que j'aie eu le temps d'esquiver la manœuvre.

Quand ma mère repartit, trois jours plus tard, j'avais vomi une demi-douzaine de fois.

Au bout d'une semaine environ, John débarquait chez Bubba et se plantait près du comptoir des serveuses, l'air impatient. Quand je pus me libérer un instant pour lui parler, il déclara :

– Newberger m'a appelé. Il veut qu'on parte.

– Pourquoi est-il si pressé, tout d'un coup ? demandai-je en attrapant un plein plateau de sandwiches que je posai sur l'épaule.

– J'en sais rien. Il a dit de se mettre en route. Faut absolument qu'on y aille.

– J'ai prévenu mon patron que je travaillerais encore deux semaines.

– Eh bien, dites-lui qu'il y a eu un changement de programme.

– Je lui en parlerai.

– Il va falloir qu'on fasse escale à Portland pour récupérer des papiers auprès des gardes-côtes. Ensuite, cap sur Newport. On se pointera sans doute à Annapolis à temps pour le salon nautique. C'est toujours intéressant.

– Je vais lui en parler.

Mon patron consentit à me laisser partir, pourvu que je travaille encore un week-end. On prévit de prendre notre dernier dîner à terre, John et moi – encore une fête ! On partirait le mardi. On passerait la nuit suivante à Camden, expliqua John, où il espérait récupérer d'autres équipiers, puisque j'étais la seule qu'il ait trouvée à Bar Harbor.

Ayant fourré mes quelques affaires dans un sac de marin, je couchai à bord la veille du départ, dans la cabine de l'équipage. J'étais tellement excitée que je n'arrivais pas à m'endormir. Étendue sur l'étroite couchette, je sentais le *Trashman* danser sur la houle légère, j'entendais criailler les oies migratrices filant vers le Sud retrouver la chaleur du soleil et les mers turquoises. J'arrive, les filles, juste après vous, pensai-je, et mes yeux se fermèrent.

2

28 septembre 1982
Southwest Harbor, Maine.

– Okay, Deb. Quand t'es prête, tu largues les amarres, lança John.

J'aimais bien son style décontracté, cette nonchalance bon enfant qui le caractérisait, surtout tôt le matin, avant le coup de fouet de la caféine. La plupart des skippers avec qui j'avais navigué hurlaient leurs ordres comme des sergents-majors à l'exercice.

On s'était levés à l'aube. J'avais amarré le Zodiac à l'arrière, dans le sillage du bateau, déroulé les écoutes que j'avais posées sur le pont, à côté des winches. J'avais remonté et rangé les pare-battage, remis de l'ordre en bas et préparé une deuxième tournée de café. Alors, suivant les ordres de John, je fis passer le flotteur par-dessus bord après avoir déferlé le signal de mouillage en l'aplatissant du pied, je larguai les amarres retenues par les bittes et les laissai filer sur le davier d'étrave. Tandis que l'amarre s'enfonçait dans l'eau, John prit place dans le cockpit, donna un tour de barre à tribord, embraya la marche avant et mit les gaz. Puis il monta le volume de sa chanson préférée, « Arc of a Diver ». « Si tu vois une chance, saisis-la... » chantait-il avec la cassette, marquant le rythme de la tête entre deux gorgées de café chaud.

Je laissai filer l'amarre du Zodiac jusqu'à ce que John fût satisfait de la position du canot dans notre sillage, puis je me dirigeai vers le cockpit pour me préparer à hisser la grand-voile.

– T'embête pas, fit John. Y a pas grand vent. On va y aller au moteur. Si tu tiens vraiment à faire quelque chose, tu pourrais nous préparer un petit déjeuner, non ?

Je descendis à la cuisine. John avait sans doute raison quant au vent. On aurait pu mettre la journée entière pour rejoindre Camden à la voile. Je me résignai à l'idée de naviguer temporairement au moteur. On aurait bientôt tout loisir de faire de la voile !

Le petit déjeuner terminé, John me demanda de prendre la barre et je sautai sur l'occasion de voir comment se comportait le *Trashman*. Et je fus un peu déçue, à vrai dire : le bateau réagissait lentement et donnait une impression de lourdeur. Mais ce n'est pas chose rare pour un voilier qui ne marche qu'au moteur, me rappelai-je. Je lui redonnerais une chance de montrer ce qu'il savait faire, toutes voiles déployées.

Pendant les heures suivantes, John étudia les cartes marines tandis que nous avancions dans le dédale d'îlots rocheux qui jalonnent la côte du Maine. On arriva en début d'après-midi dans le joli port de Camden où l'on mit le *Trashman* au mouillage avant de remonter la grand-rue pour faire les bars où John pensait pouvoir « se dégoter un équipage ». Sans compter, ajouta-t-il en poussant la porte de chez O'Neill, qu'il faut « fêter notre premier jour en mer ». John eut beau proposer un boulot d'équipier à la ronde, personne ne parut intéressé, à part un soûlard aussi volubile qu'incohérent.

Le lendemain, on rejoignit Portland au moteur, mouillant pour la nuit à la Marina De Millo. John me persuada de refaire la fête avec lui, « histoire de se donner du cœur au ventre, Deb ! ». Une longue nuit de plus à visiter ses abreuvoirs préférés. Après un plein de carburant, tôt le lendemain matin, on parcourut au moteur les quelques milles qui nous séparaient de Falmouth Foreside, le port d'attache de John, un peu plus au nord. Son père avait eu un bateau amarré là pendant des années, et sa mère habitait toujours à quelques kilomètres. John lui emprunta sa voiture pour aller à Portland chercher les papiers du *Trashman*, mais revint en annonçant qu'ils ne seraient pas prêts avant quelques jours.

Quelle déception ! Maintenant que le voyage était commencé, j'avais hâte de le poursuivre pour arriver le plus vite possible en Floride. Les jours raccourcissaient, les nuits devenaient plus froides. Nous n'avions toujours pas trouvé d'équipiers supplémentaires et nous ne pourrions pas naviguer de nuit si nous n'étions que deux à bord. Apparemment, le voyage risquait de durer bien plus longtemps que je ne l'avais imaginé au départ.

Ce soir-là, John partit retrouver quelqu'un en ville et je restai à bord, contente de passer un moment seule. Je m'installai dans un fauteuil avec un verre de vin, un de mes bouquins abondamment écornés, *Shogun*, et une bonne musique sur la chaîne – pour une fois que je pouvais mettre une de mes cassettes ! L'ambiance était paisible dans la cabine doucement éclairée. Le bateau dansait gentiment près de son mouillage. J'entendais battre les drisses des quelques yachts mouillés autour de nous. Un bateau passait de temps en temps et le *Trashman* se balançait légèrement dans son sillage, avant de retrouver sa quiétude initiale. Je me couchai tôt et dormis si profondément que je n'entendis pas rentrer John.

Le soleil filtrait à travers le hublot de ma petite cabine. Il me sembla que John remuait dans la cuisine. Ça ne lui ressemblait guère d'être debout avant moi, surtout quand il était sorti tard. Je me levai, me coiffai sommairement avec les doigts et pointai le nez hors de la cabine :

– Comment ça se fait que tu sois déjà levé ?

C'est alors que je m'aperçus que ce n'était pas John dans la cuisine, mais une femme.

– Oh ! m'exclamai-je.

– Salut. Tu dois être Debbie. Je m'appelle Meg.

– Meg.

– Une amie de John. Tu veux du café ?

Elle m'en tendit une tasse. Elle ne ressemblait pas du tout à l'image que je m'en étais faite. Elle avait de longs cheveux noirs et brillants qui lui descendaient jusqu'à la taille, la peau claire, constellée de taches de son, et des yeux bleus, perçants. Son physique était trop frappant, son allure trop sophistiquée pour qu'on pût la dire simplement jolie. Elle devait aussi avoir au moins cinq ans de plus que John.

Je m'assis et Meg s'installa dans un fauteuil, en face de moi. Croisant ses longues jambes avec un art consommé, comme si elle posait pour un catalogue de mode, elle tira d'un paquet sur la table une longue cigarette brune qu'elle alluma avant d'en inspirer une profonde bouffée, les doigts bien droits. Elle avait des ongles parfaits. Fixant son regard sur moi, elle me gratifia d'un sourire tout aussi parfait.

– Eh bien, fit-elle. John m'a dit des trucs fantastiques sur toi. Je crois qu'on va bien s'amuser.

Je lui souris d'un air hébété : elle avait bien dit « on »? Elle avait bien dit « s'amuser »?

John apparut dans l'encadrement de la porte, l'air de ne pas avoir beaucoup dormi.

– Ah, c'est bien ! vous avez fait connaissance. Y a du café, ma poule ?

Meg se leva de son fauteuil comme un ressort et partit à la cuisine. Je fusillai John du regard.

– Qu'est-ce qu'elle fiche ici ? murmurai-je.

– Elle voulait voir le bateau.

– Je croyais qu'elle n'avait pas le droit de mettre les pieds à bord.

– Elle était chez ma mère, hier soir. Je l'ai ramenée pour lui montrer le bateau. Détends-toi, c'est juste pour le week-end. Je me suis dit qu'elle aimerait peut-être faire un petit tour en mer.

Meg réapparut, tendit un café à John et embrassa sa joue pas rasée.

– Vrai qu'il est magnifique, ce bateau, déclara Meg d'une voix que le tabac rendait basse, et l'accent du Sud, douce et traînante. A la fois confortable et élégant, tu trouves pas ?

– Mmm, marmonnai-je.

– Tu le briques drôlement bien. C'est pas facile, avec John dans le coin, releva-t-elle en le regardant avec une affection évidente.

Notre vilain petit John… J'en avalai mon café d'une traite et me brûlai la langue.

– John m'a dit que tu faisais des courses de voile, c'est ça ?

– Ça m'est arrivé.

– La Whitbread, hein ?

– Hmm, hmm.

– Eh bien, j'aimerais pas être à ta place, cocotte ! Les bateaux, moi, ça me plaît tant qu'il y a du soleil et que la mer est plate. S' pas, John ?

Elle se leva et repartit vers la cuisine d'un pas fringant.

John tripotait les instruments de navigation, prenant des notes sur un bloc de papier jaune. Il leva brièvement les yeux sur moi, puis les abaissa très vite. Meg revenue, John déclara avec plus d'enthousiasme qu'il n'en avait montré depuis un mois qu'il allait faire si beau demain qu'il fallait absolument sortir en mer. Et cela de la part d'un homme qui n'avait pas encore hissé une seule voile depuis que j'étais à bord ! Alors, maintenant, voilà qu'il a envie de faire de la voile, pensai-je. Eh bien, eh bien… un homme plein de surprises, ce John Lippoth.

Évidemment, il fallait fêter l'arrivée de Meg, et John suggéra qu'on aille déjeuner en ville tous ensemble.

– Formidable ! s'exclama Meg. S' pas, Debbie ?

– Mmm.

Pendant que Meg débarrassait les tasses à café, je montai sur le pont. Je me dirigeais vers l'arrière du bateau quand j'entendis hausser le ton, en bas dans la cabine, juste sous mes pieds.

– … salopard de menteur ! (C'était la voix de Meg.)

– Quoi ?

– Tu m'avais raconté que c'était une mocheté !

– J'ai jamais dit mocheté…

– Eh bien, elle est pas moche, John. Comme si t'avais pas remarqué ! Vous vous êtes payé une jolie petite croisière tous les deux, hein ? Bien peinards sur ton gros yacht qui en jette ?

– Tu sais bien que c'est pas comme ça.

– Ne me raconte pas comment c'est, j'ai déjà été en bateau avec toi.

J'entendis John plaider sa cause tandis que je m'éloignais. Une demi-heure plus tard, au moment de partir en ville, ils semblaient s'être calmés tous les deux. Pendant la traversée en Zodiac, Meg posa la main gauche sur le genou de John d'un geste de propriétaire. Elle me décocha un de ses éblouissants sourires quand mon regard croisa la sien.

On passa l'après-midi et la soirée à faire les bars de Portland, tous les trois. A mesure que la soirée avançait, Meg s'animait, engageant la conversation avec ses voisins, partant d'un rire extravagant à la moindre blague vaseuse. John, lui, devenait de plus en plus morose, fixant le fond de son verre de bière avec un intérêt soutenu. Je n'arrivais plus à détacher mon regard d'eux : puisque cela ne devait durer qu'un week-end, autant me détendre et assister à l'étrange cirque de ces deux-là.

Vers midi, le lendemain, on largua les amarres et on quitta le mouillage au moteur. John me montra le fonctionnement de l'enrouleur de la grand-voile : j'appuyai sur un bouton et la voile, enroulée sur le mât, se déferla toute seule tandis que j'enroulais la drisse sur le winch. La voile se déploya sans à-coups, aussi facilement qu'un grand store triangulaire.

John avait installé Meg à la barre pendant que nous hissions les voiles, lui recommandant de rester vent debout pendant le réglage du grand génois. Le génois déployé, le bateau s'éloigna progressivement de la côte et John me montra comment border les écoutes avec les winches électriques. Tout était si incroyablement facile, je n'en revenais pas ! Une fois la voile réglée et orientée, le *Trashman* s'envola, tranchant la houle légère jusqu'à la sortie de la baie. Là, on courut plus au large pour prendre le vent de travers et on ajusta les voiles en fonction de la nouvelle allure. Le bateau réagit au quart de poil.

Je savourais les bruits familiers d'un voilier : le clapotis de l'eau contre la coque sous le vent, le bourdonnement du gréement, le frémissement de la chute du génois. J'étais postée près des winches, John tenait la barre et Meg avait trouvé un coin abrité pour se dorer tranquillement.

Au bout d'un moment, John mit le cap un peu plus au large pour réduire la gîte du bateau pendant que je descendais préparer à déjeuner. Quand je remontai avec des sandwiches et de la bière, John enclencha le pilote automatique. Des bateaux en régate venaient virer autour d'une bouée, non loin de l'arrière du *Trashman*, et l'on cria des encouragements aux concurrents de tête. Meg paraissait détendue, John chantait avec sa cassette de Steve Winwood.

Mais dès qu'on décida de rentrer, tout changea. Alors qu'à l'aller on avait navigué cap à l'est, vent de travers et tribord amures sous un vent de sud-ouest, on avait maintenant viré de bord et l'on courait au plus près, bâbord amures, cap à l'ouest. Autrement dit, on filait presque vent debout, sur une mer agitée. Des embruns glacés éclataient sur l'étrave. Ayant réduit un peu la grand-voile et le foc en les enroulant, on essaya de rentrer au port mais c'était difficile : le bateau semblait refuser l'allure.

J'examinai les voiles pour tâcher de voir ce qui n'allait pas. De fait, elles me paraissaient bizarres, trop creuses et déversées. On avait l'impression qu'elles tiraient le bateau sur le côté plutôt que vers l'avant. Jamais on ne rentrerait au port en un seul bord.

John donna l'ordre de virer de bord et barra de façon à faire passer le *Trashman* tribord amures, mais le bateau refusa à virer. John le laissa abattre [1] pour reprendre de la vitesse et donna l'ordre de recommencer le virement de bord. Mais pas moyen d'amener le bateau vent debout et de le faire changer d'amures. On aurait dit qu'il manquait d'élan pour répondre au gouvernail. Plusieurs fois de suite, le bateau se retrouva bout au vent et refusant à virer. Après une série de tentatives infructueuses, John renonça et mit le moteur en marche, donnant au bateau la vitesse suffisante pour accomplir la manœuvre. Et voilà comment on rentra au port, en se servant du moteur pour aider le *Trashman* à virer de bord. Incroyable ! Comme si un yacht de ce pedigree était incapable d'effectuer à la voile une manœuvre aussi élémentaire !

Nous étions à un peu moins d'un demi-mille de notre mouillage quand retentit une alarme stridente. John coupa aussitôt le moteur.

– Qu'est-ce que c'est ?

La question fusa au même moment de la bouche de Meg et de la mienne.

– C'est le moteur. Il surchauffe, répondit John. Prends la barre, Debbie.

John descendit. Meg vint me rejoindre et je lui montrai comment m'aider à régler les winches d'écoute. Elle se taisait, mais je voyais bien qu'elle avait l'air inquiet. Une dizaine de minutes plus tard, John remonta sur le pont en s'essuyant les mains avec une serviette en papier.

– Ça devrait coller, fit-il.

1. S'écarter de la direction d'où vient le vent. *(NdT)*

– Qu'est-ce que c'était ? s'enquit Meg.

– Le rotor. Dans le système de refroidissement. Je l'ai changé.

John remit le moteur en marche et le laissa tourner au point mort un moment, pour s'assurer que le système de refroidissement fonctionnait bien.

– Allez, on enroule la grand-voile. On va tâcher de se manier un peu le train avec cette foutue baignoire !

Visiblement, il avait eu sa dose pour la journée.

Notre première sortie à la voile m'avait déçue et perturbée. John semblait hésitant et, pire même, paresseux. Il avait refusé d'envoyer le foc bômé ou la voile d'artimon, comme auraient fait la plupart des skippers en pareil cas, ne serait-ce que pour en vérifier le bon fonctionnement avant de partir en haute mer. Il avait également négligé de descendre la dérive, je m'en rendis compte en y repensant plus tard. Pas étonnant que, dans ces conditions-là, le bateau ait refusé à virer ! Avec la dérive en place, la quille aurait eu plus de mordant, ce qui aurait permis au *Trashman* de pivoter dessus pour virer de bord. Privé de cet appui, on n'avait fait que dériver, comme un jouet dans une baignoire.

D'autres détails encore me préoccupaient : certains cordages portaient des marques d'usure et le gréement des deux mâts n'était pas aussi tendu que d'ordinaire, même sur des bateaux de croisière. De sorte que la partie supérieure des mâts avait tendance à s'incurver sous le vent, réduisant d'autant l'efficacité des voiles.

En partant dîner ce soir-là, je suggérai à John – avec autant de tact que possible – que ce serait peut-être une bonne idée de régler la mâture.

– Ne t'inquiète pas, répondit-il. S'il y avait vraiment besoin d'un réglage, on pourrait toujours le faire en Floride.

Meg repartit le lundi matin, comme John m'en avait assurée. Mais deux jours plus tard, elle était de retour et, cette fois, dans l'intention évidente de rester.

Maintenant, nous étions trois. Les deux jours d'escale à Falmouth étaient devenus une semaine et John ne donnait guère à penser qu'il prévoyait un départ prochain. Évidemment, il y avait les fameux papiers du bateau. Mais, plus j'y réfléchissais, et plus il me semblait clair qu'on n'en avait pas besoin. On ne partait pas à l'étranger, nom d'un chien ! On allait juste en Floride. En tout cas, j'étais bien sûre d'une chose : arrivée là-bas, je ne m'attarderais pas à bord du *Trashman*.

John était avare d'informations. En général, le matin, il marmonnait qu'il avait des trucs à faire, attrapait son porte-documents, collait sa casquette sur sa tête et filait en Zodiac avec Meg. J'appréciais mes quelques heures de solitude, mais quand les heures devenaient des jours entiers, j'enrageais de rester enfermée dans une cabine. Une fois le ménage et le rangement finis, il ne restait plus rien à faire à bord et le temps était trop mauvais pour vernir. Certains jours, je faisais du bateau-stop pour passer l'après-midi à terre à me beurrer tranquillement au bar des chantiers navals. D'autres fois, j'allais au restaurant où je bouffais comme quatre, pour finir à genoux aux toilettes à me faire vomir.

John et Meg m'emmenaient parfois dans leurs virées en ville. Meg et moi faisions des courses, John nous suivait comme un petit toutou. Et puis on échouait tous dans un bar. John et Meg se faisaient une scène et se réconciliaient. Et le lendemain, on se réveillait tous avec la gueule de bois.

Les jours passaient et John n'avait toujours pas obtenu les mystérieux papiers. Je n'en pouvais plus de traîner ainsi. Enfin, un soir, il annonça depuis le poste de navigation :

– C'est demain le grand jour !

Meg et moi lisions dans le salon. On leva toutes les deux le nez de notre livre.

– On prend la mer, la météo est bonne, déclara-t-il. On n'en a rien à foutre des papiers. On part.

Le *Trashman* venait de croiser le cap Elizabeth, au sud de Portland, sous un épais plafond de nuages gris ardoise. Naviguant au près par un fort vent sud, on avançait au moteur, la grand-voile servant plus à stabiliser le bateau qu'à le propulser. D'après nos prévisions, on devait rallier Newport en vingt-quatre heures environ, pendant lesquelles John et moi assurerions des quarts de trois heures chacun. Meg ferait la cuisine et nous donnerait un coup de main sur le pont au besoin.

Vers le milieu de l'après-midi, la mer enfla, formant des vagues de un mètre, un mètre vingt, que le *Trashman* négociait bien. Puis, à mesure qu'on progressait vers le sud, le ciel se dégagea et le vent retomba. Le couchant éclaboussa le ciel de rayures orange, magenta, violettes, et j'éprouvai une joie profonde au spectacle de la lumière déclinante. Le monde était si beau ici au large, si grand, si détaché des problèmes ! Tous les petits détails qui semblaient tellement importants à terre devenaient dérisoires. Et si l'on s'apercevait qu'on déviait de sa course, il suffisait d'un léger mouvement du poignet pour rectifier sa trajectoire.

On entra dans Buzzards Bay à l'aube, après avoir traversé le canal du cap Cod, toujours au moteur. Quelques heures plus tard, on arrivait à Newport où l'on trouva le grand port presque vide. John décida de prendre un mouillage à quai pour que nous puissions aller et venir sans avoir à emprunter le Zodiac. Il cherchait toujours à embaucher d'autres équipiers, mais je ne pensais pas qu'on en trouverait dans cette ville fantôme. Tous ceux qui savaient naviguer et qui voulaient descendre vers le Sud voguaient sans doute déjà à mi-chemin de la Floride.

Après le petit déjeuner, John et Meg louèrent une voiture et partirent pour la journée. Je me baladai en ville, je fis du lèche-vitrines, je marchai sur les quais. En rentrant au bateau, je rencontrai par hasard une amie sud-africaine,

Sonia, que je n'avais pas revue depuis l'époque où nous habitions toutes les deux Virgin Gorda, quelques années plus tôt. Elle me raconta qu'elle travaillait pour une agence de navigation de plaisance de Newport. Le hasard fit que c'était justement l'agence qui avait envoyé John à Morris Newberger pour le boulot de skipper sur le *Trashman*. On prit rendez-vous pour dîner ensemble ce soir-là, au Candy Store.

J'y trouvai Sonia assise à une petite table. Quand on eut bavardé un petit moment, je lui demandai ce qu'elle savait sur John Lippoth : il avait beaucoup d'expérience et c'était apparemment un type plutôt sympathique, répondit-elle.

– Il a été skipper sur le *Black Knight*, non ? Qu'est-ce qui s'est vraiment passé ? Pourquoi s'est-il fait virer ?

– Une histoire de petite amie...

– Meg Mooney ?

– Oui. Meg Mooney. Et les propriétaires ont trouvé que John n'était pas vraiment, euh, l'homme qu'ils avaient...

– Mais qu'a-t-il donc fait ?

Je m'entendis appeler depuis l'autre bout du bar : c'était Jim, un copain de voile que je n'avais pas revu depuis des mois. On s'embrassa et je lui dis que je venais d'arriver sur le *Trashman* avec John Lippoth.

– Comment tu t'es retrouvée embarquée avec lui ? s'étonna Jim. Ses références ne sont pas des plus reluisantes, tu sais.

– Je racontais justement à Debbie qu'il a eu quelques petites histoires, fit Sonia.

– C'est Sonia qui a aidé John à trouver ce boulot.

Jim eut l'air étonné.

– A qui appartient le bateau ?

– A un dénommé Newberger. Il avait besoin de quelqu'un rapidement, expliqua Sonia. Ça n'intéressait pas les autres skippers qu'on a contactés, la paie n'était pas terrible. Alors on lui a envoyé John.

– Il est peut-être pas si mal que ça, fit Jim. En fait, je le connais pas du tout, ce type-là.

– Moi, ça me branche pas des masses de rester à bord, répliquai-je.

La phrase à peine lâchée, je me rendis compte qu'elle traduisait le fond de ma pensée : j'aurais été ravie de tout plaquer si j'avais été assurée de trouver un autre moyen de descendre vers le Sud.

Jim demanda si nous allions emprunter l'Intracoastal Waterway (le canal côtier).

– Non, le mât est trop grand, on ne passera jamais sous les ponts. On va sans doute traverser le Gulf Stream et foncer sur le Sud. A condition qu'on trouve des équipiers, bien sûr.

– Vous en trouverez à Annapolis. Essaie le Marmaduke, c'est là que tout le monde se retrouve.

John et Meg n'étaient pas encore rentrés quand je réintégrai le bateau. Je sortis des cartes pour voir quel itinéraire suivre jusqu'en Floride. On pouvait par exemple traverser le Gulf Stream, gagner le large et mettre le cap droit sur Fort Lauderdale ; ou bien longer la côte tout du long. Suivre le littoral aurait l'avantage de permettre de s'abriter dans un port par gros temps, mais on courrait les risques inhérents à la navigation en eau peu profonde. Les conditions météorologiques pouvaient changer très rapidement et on n'aurait pas assez de place pour manœuvrer de façon à s'éloigner de la côte et mettre le bateau en sûreté.

John n'étant guère enclin à discuter sa stratégie, j'ignorais ce qu'il avait prévu – si tant est qu'il ait prévu quelque chose ! J'avais cependant l'impression qu'il choisirait de longer la côte : c'était plutôt le genre de marin que réconforte la proximité de la terre.

Quand je me réveillai le lendemain matin, John et Meg étaient à bord. J'avais cru comprendre que Meg devait débarquer ici mais, à les entendre parler, il était clair qu'il y avait eu un changement de programme. Leur ayant dit bonjour, je m'employai à préparer le bateau pour reprendre la mer.

Deux jours plus tard, le vent ayant enfin pris une direction favorable, on partit dans un brouillard dense. Il faudrait parcourir deux cents milles avant d'atteindre l'abri relatif de la baie de la Delaware. Avant le départ, j'avais aidé John à arrimer le Zodiac sur le pont : quel soulagement de ne plus avoir à vérifier sans cesse que notre petit copain orange suivait bien dans notre sillage !

On naviguait au moteur, qui assurait la propulsion, et à la grand-voile, qui donnait de la stabilité – une combinaison devenue maintenant habituelle. Sorti de la baie de Narraganset, le *Trashman* gîtait beaucoup sur la forte houle et des paquets d'embruns éclaboussaient l'étrave. Il y avait si peu de visibilité qu'on ne voyait même pas Block Island, pourtant situé à trois milles de là. Cependant, notre système de navigation Loran [1] nous permit de garder parfaitement le cap.

On alternait à la barre, John et moi, chacun prenant un quart de trois heures suivi d'un repos de trois heures. Meg aurait aussi bien pu ne pas être là, puisqu'elle passait le plus clair de son temps dans la cabine avant. Elle émergeait épisodiquement, juste le temps de préparer quelques sandwiches et du café avant de retourner à sa couchette comme un chien de prairie court au terrier. Pourquoi tenait-elle à venir à bord alors que, visiblement, elle n'aimait pas la mer ?

Une fois passé Long Island, le vent fraîchit. Je persuadai John de hisser le foc et, sous foc et grand-voile, le *Trashman* se stabilisa et se mit à filer à bonne allure. John en fut si impressionné qu'il arrêta le moteur. Mais, tandis que le bateau fendait la mer en éclaboussant copieusement, le temps

1. *Loran, Long range navigation system*, est un système qui permet de déterminer en permanence la position d'un avion ou d'un bateau grâce à l'émission de signaux radio. *(NdT)*

empirait. Un vent froid soufflait presque carrément vent arrière et le taud du cockpit, une bâche en toile et synthétique, ne protégeait guère des embruns. Il se mit à pleuvoir, le vent forcit et, en moins d'une heure, on se retrouva en plein sale temps de chien, comme disent les marins. Le vent n'était pas assez fort pour parler de tempête ni la mer assez grosse pour être alarmante, mais on se faisait tremper et la navigation n'était pas de tout repos.

Les conditions météo devenant trop mauvaises pour qu'on se serve du pilote automatique, je dus barrer pendant mon quart. J'avais beau plisser les yeux pour essayer de distinguer des feux de bateaux ou de balises, je ne voyais que la mer agitée et la pluie projetée par le vent. Un peu avant le lever du soleil, John monta m'annoncer qu'on allait faire route sur le cap May, dans le New Jersey, pour s'y abriter du gros temps. Ça me convenait tout à fait : je n'aurais pas dit non à un repas chaud, une douche et une bonne nuit de sommeil.

A cause de ce léger changement de cap, il devint difficile d'éviter que la grand-voile ne dévente le génois. Sous l'effet du roulis, le génois se plaquait contre l'étai pour se regonfler brusquement ensuite. John décida d'enrouler le foc et de redémarrer le moteur, plutôt que d'orienter les voiles et de modifier progressivement le cap à mesure qu'on approcherait de notre destination.

Tandis que le bateau se frayait un chemin à travers les lames, la coque claquant sur l'eau, John se fit très silencieux. Il finit même par couper le sifflet à Steve Winwood afin de « se concentrer ». Pourquoi en faire une telle affaire ? J'avais vu bien pire. Ce qui compte, quand on est pris dans du gros temps, c'est l'attitude qu'on adopte : il faut y voir un défi. Il faut savoir être volontaire et battant. Il faut comprendre que l'océan est comme un chien qui grogne en aiguisant ses crocs et qui sent bien si vous avez peur de lui.

Vers le milieu de la matinée, l'alarme du moteur retentit alors qu'on se trouvait encore à une bonne heure du cap May.

John jura, appuya sur l'interrupteur et descendit dans le compartiment-moteur, me laissant aux prises avec la barre. Le bateau était très difficile à contrôler, privé de la propulsion du moteur et de l'effet stabilisateur du foc. Je me battais pour maintenir la barre tandis que le bateau escaladait les vagues, l'une après l'autre. Et plus je m'escrimais à barrer, et plus je sentais la moutarde me monter au nez : j'en voulais au bateau, au temps, mais surtout à John. Je lui en voulais de toujours s'en remettre à la mécanique, de ne pas avoir assez de cœur au ventre pour naviguer à la voile.

John réapparut enfin en annonçant que le moteur était réparé. C'était de nouveau le rotor. J'étais sur le point de lui dire qu'il prétendait l'avoir « réparé » à Falmouth, mais je me retins. Il fit redémarrer le moteur et je restai à la barre tandis qu'il descendait vérifier notre position sur le Loran. Une heure plus tard, je repérai une tache sombre et basse à tribord : terre ! John poussa un hourra. Eh bien, elles marchaient quand même, ces fameuses machines : nous étions exactement là où nous devions nous trouver !

A l'entrée de la passe du cap May, la mer bouillonnait devant la jetée, précipitée hors de l'étroit chenal par la marée. Tandis que nous bravions le courant pour négocier un passage, j'essayais d'oublier les rochers aux arêtes vives qui encadraient le goulet. Nous serions dans de beaux draps si le moteur maintenant nous laissait tomber ! John réussit malgré tout à passer sans encombre et, une fois le bateau à quai, Meg réapparut pour faire du café. Versant une rasade de rhum dans le mien, j'en proposai à John et à Meg. La main de John tremblait comme une feuille quand il me tendit sa tasse.

Le lendemain matin, le temps avait pris meilleure tournure. La mer était toujours forte mais plus démontée. Sortis de la passe au moteur sous un ciel dégagé, on mit cap au sud. Naviguant au moteur et à la grand-voile, sous pilote automatique, on passa une journée – longue mais sans difficultés majeures – à négocier les chenaux du Chesapeake and Delaware Canal. Arrivés à Annapolis vers minuit, on jeta l'ancre dans l'eau noire et luisante. Après s'être chamaillés pour savoir s'ils allaient sortir ou non, John et Meg finirent par prendre le Zodiac afin de descendre à terre. Je décidai de rester à bord. J'étais épuisée et j'avais besoin de passer un moment sans les avoir sur le dos.

Après leur départ, je restai un moment sur le pont à regarder danser les lumières de la vieille ville sur l'eau sombre. Il y avait quantité de bateaux autour de nous. Au moins, nous retrouvions le milieu des plaisanciers : peut-être allions-nous enfin mettre la main sur ces fameux équipiers toujours manquants.

Je descendis dans ma cabine et me laissai tomber sur la couchette. J'avais la paume des mains cirée par le frottement du cuir de la barre, et des douleurs partout. Quel délice de presser mon visage brûlé par le soleil et le vent contre l'oreiller frais ! Je restai là, songeant à Meg – pourquoi était-elle avec John ? – et à John : pourquoi tenait-il à travailler sur des yachts alors qu'apparemment il n'aimait pas du tout la voile ? Je pensai aussi à ma mère : où était-elle ce soir ? Et puis je me pris à rêver à la Floride, au soleil, à la chaleur. J'y serais dans quelques jours et tout le reste n'aurait plus d'importance alors.

3

John me fit comprendre au petit déjeuner que la tâche de recruter des équipiers m'incombait. D'une cabine téléphonique sur le quai, j'appelai mon amie Sarah Cavanagh qui avait navigué avec moi sur le *Charles Heidsieck III* dans la Transat, au printemps dernier. Elle n'était pas là mais sa mère m'apprit que Brad, le frère de Sarah, se trouvait justement à Annapolis et que le boulot pourrait peut-être l'intéresser.

J'aperçus alors deux hommes qui marchaient sur le quai, dans ma direction : l'un très grand, pas loin d'un mètre quatre-vingt-dix, très musclé, les cheveux châtain clair. L'autre petit, blond, sec comme une trique. Je reconnus le plus grand des deux : Brad Cavanagh en personne, dont j'avais fait la connaissance six mois plus tôt.

– Alors là, tu vas pas me croire ! m'écriai-je. Mais je viens justement d'appeler ta mère.

Et là-dessus, je lui racontai l'histoire du *Trashman*.

– Bon Dieu, Brad, t'as une nana dans chaque port, toi ou quoi ? remarqua son compagnon.

Il avait l'accent anglais et des yeux bleu pâle très étranges, tels que je n'en avais jamais vu. Brad me présenta à Mark Adams.

Je proposai à Brad de venir voir le *Trashman*. Nous avancions vers le bout du quai tous les trois quand Mark rencontra par hasard une connaissance et s'arrêta pour lui parler.

Quand on arriva au bateau, Brad et moi, John pointa la tête hors du capot de descente :

– Dis donc, Debbie, t'as pas traîné ! lança-t-il en riant.

– Tu m'as dit de chercher des équipiers, eh bien voilà ! Je le présentai à Brad, on descendit tous dans la cabine, et après avoir parlé un moment, John demanda à Brad s'il avait envie de se joindre à nous.

– Ça a l'air pas mal, répondit Brad. Et mon pote, Mark : tu crois que tu pourrais l'embaucher aussi ?

– Il s'y connaît ? s'enquit John.

– Il a fait le Fastnet, l'Admiral's Cup, le SORC. On a aussi fait quelques courses ensemble. Il est un peu givré mais il se débrouille bien sur un bateau.

Quand Mark arriva à son tour, John lui proposa le boulot.

– Avec ce mastodonte-là, il faudra un an pour arriver en Floride, bordel ! fit Mark – ajoutant après nous avoir regardées, Meg et moi : les filles viennent pas, non ? Moi, je déteste embarquer avec des bonnes femmes, elles sont absolument nulles sur un bateau.

Tout le monde rit, sauf moi. Mark répondit à John qu'il pourrait peut-être se joindre à nous, bien qu'il fût lui-même occupé à recruter une équipe de régatiers pour l'*Ocean Greyhound*, un gros voilier qui avait couru la Whitbread quelques années plus tôt.

Tiens, voilà qui était étonnant ! J'avais vu ce bateau en cale sèche en Angleterre peu de temps auparavant : il semblait peu probable qu'on l'eût déjà remis en course.

– Debbie que tu vois là, eh bien, elle a fait la dernière Whitbread, lui dit John.

– Ah ouais ?

– Eh oui.

– Je parie que je sais ce que t'avais comme boulot à bord, répliqua-t-il, fourrant une main entre ses jambes et l'agitant en gloussant de rire.

Brad se tourna vers lui et lui envoya une bourrade amicale.

– T'embête pas, Deb, il aime bien jouer les salauds.

T'embête pas, facile à dire ! Mais si, ça m'embêtait, et même drôlement. Je me levai et montai sur le pont pour me trouver une occupation. John, Mark et Brad ne tardèrent pas à ressortir en échangeant des poignées de main. Apparemment, ils avaient fait affaire, sous réserve de l'approbation de Newberger, bien entendu.

– Il me plaît pas beaucoup, Mark, dis-je à John quand j'eus l'occasion de lui en parler, un peu plus tard ce jour-là.

– Tu le connais même pas.

– Mais je connais ceux de sa sorte.

– Brad dit qu'il est bon marin et on a besoin d'équipiers. Il restera à bord une semaine, maximum. Pas de quoi en faire un fromage…

John appela Newberger qui lui donna le feu vert pour embaucher Brad et Mark. Un événement qui méritait d'être fêté, naturellement. Mais comme John commençait à manquer d'argent, il demanda si l'un de nous pouvait avancer de l'argent « au bateau » jusqu'au prochain mandat de Newberger. Mark avait un chèque de cent cinquante dollars, mais quand on arriva au bureau de la marina pour l'encaisser, l'employé fit la grimace en examinant le chèque :

– Navré, mon vieux, je ne peux pas le prendre.

– Voyons, mon compte est approvisionné, je vous jure ! protesta Mark. Demandez à qui vous voudrez.

Et il se mit à débiter une liste de noms de personnes à même de garantir sa solvabilité. L'employé finit par se rendre dans un bureau à l'arrière pour appeler l'un des garants. Il revint au bout d'une minute en tendant le chèque à Mark.

– Il a dit que vous étiez, je cite, « un des pires trous-du-cul qu'il ait jamais rencontrés, et qu'il ferait froid en enfer le jour où il accepterait un de vos chèques contre du liquide ». Fin de citation.

Mark s'empourpra et serra les poings. Puis il partit d'un rire sardonique :

– Foutu minable de mes deux ! cracha-t-il avant de sortir en trombe. Je connais le barman de chez Marmaduke. Lui, il l'encaissera, ce sacré bon sang de chèque !

Marmaduke était plein à craquer de plaisanciers venus pour le Salon nautique d'Annapolis. Mark partit dans son coin pour « prendre contact avec des gens à propos de l'*Ocean Greyhound* ». Incroyable ! Allait-il vraiment tenter de persuader des gens de laisser tomber leur boulot pour une pure invention ? De toute façon, ce n'était pas comme ça qu'on recrutait des équipiers pour une course de niveau international. Mark s'arrêta pour parler à quelqu'un que je connaissais. Leur conversation terminée, mon copain me fit signe.

– T'es avec ce type-là ? demanda-t-il.

– Le skipper du bateau qu'on va livrer dans le Sud vient de l'embaucher.

– Il est sérieux, ce mec ? Il prétend qu'il cherche des équipiers pour l'*Ocean Greyhound* pour la course Sydney-Hobart. Un truc super, apparemment. Tu sais pas s'il y aurait moyen de vérifier si c'est vrai ? Ça m'intéresserait drôlement.

– Je connais vaguement le propriétaire, Les Williams. Je pourrais peut-être l'appeler.

Je me retournai vers John, Brad et Meg. Mark, qui les avait rejoints, faisait de grands gestes et les autres riaient si fort qu'ils étaient pliés en deux. Peut-être que c'est seulement moi, pensai-je. Après tout, c'est peut-être un type formidable.

Je me couchai tôt mais j'eus du mal à m'endormir. Je n'arrivais pas à chasser Mark et l'*Ocean Greyhound* de mes pensées. Le lendemain matin, avant que les autres soient levés, je partis téléphoner dans la cabine, à un ami qui m'indiqua où appeler Les Williams en Angleterre. Quand je l'eus au bout du fil, je me présentai et lui dis que Mark Adams venait de me proposer de me joindre à l'équipage de l'*Ocean Greyhound*.

Il me répondit que le bateau était encore en cale sèche et qu'il n'avait jamais entendu parler de Mark Adams. Voilà : j'avais ma réponse ! Ébranlée, je regrettais presque d'avoir téléphoné. Car je savais maintenant de façon certaine que Mark n'était pas seulement un casse-pieds mais aussi un menteur. Assise sur le quai, je fixais l'eau d'un bleu métallique, tâchant de décider de la conduite à suivre. On nageait en plein absurde avec ce fou d'Anglais chicaneur, cette lavette de skipper et son enquiquineuse de petite amie qui ne connaissait rien à la voile. Ça tournait à la farce intégrale !

Je restai un moment assise à réfléchir. Et si je prenais mes petites affaires et que je file tout de suite ? J'avais des amis à Annapolis, je trouverais bien un autre embarquement vers le Sud. Oh, et puis, non, c'était trop bête ! Pourquoi devrais-je quitter « mon » bateau ? Je décidai que le mieux serait de raconter à John ce que j'avais découvert au sujet de Mark. Une fois au courant, il serait bien obligé de bouter Mark hors du *Trashman*, non ?

– Tu sais, cette histoire d'équipage que Mark prétend recruter pour l'*Ocean Greyhound*, confiai-je à John un peu plus tard ce matin-là, c'est du bluff, de la connerie pure et simple. Le propriétaire n'a jamais entendu parler de lui.

– Comment tu peux savoir ça ?

– Je l'ai appelé en Angleterre.

– Quoi ? Bon Dieu, Debbie, j'ai vraiment pas envie d'écouter des histoires pareilles. Je me fous pas mal de ce que ce type fricote ou ne fricote pas, tu piges ? On a besoin d'équipiers, c'en est un et c'est tout, point final. Pourquoi tu t'occupes pas un peu de tes oignons, pour une fois ?

– Mais c'est *mes* oignons, justement. Je ne veux pas naviguer avec ce type-là. S'il vient, je ne pars pas.

– C'est ridicule !

– Je parle sérieusement : je quitterai le bateau.

– Si tu débarques, répliqua John lentement, tu peux être sûre que je veillerai à ce que tu ne trouves plus jamais de boulot sur aucun bateau. Moi aussi, je plaisante pas. T'as pas le droit de plaquer comme ça, tout simplement.

– Si, John. Je suis pas ton esclave. Je ne veux pas embarquer avec Mark.

– Debbie, pour la dernière fois : tu ne descends pas de ce bateau. Demain, on fait des provisions et le lendemain on s'en va. Tous ensemble. Toi, moi, Meg, Brad et Mark.

– Je comprends ce que tu ressens à l'égard de Mark, fit Meg qui avait écouté la conversation. Mais, si tu te contentes de l'ignorer...

– Ouais, c'est ça, t'as qu'à l'ignorer, renchérit John.

– Eh ! John, ça arrangerait peut-être un peu les choses si tu soutenais Debbie de temps en temps ! ajouta Meg.

Il soupira.

– Écoute, une fois qu'on sera en mer, ce sera fantastique, tu verras, conclut-il en remontant sur le pont.

Mais je ne pouvais pas laisser tomber. La coupe était pleine. Dès que je pus m'éclipser, je retournai à la cabine téléphonique et j'appelai Morris Newberger. Je lui dis que j'avais changé d'avis : j'allais rejoindre la Floride en avion pour essayer de m'engager sur un voilier de course, je me languissais trop de cette vie-là. Newberger me demanda alors s'il y avait un problème avec d'autres membres de l'équipage. J'hésitai avant de répondre non, pas de problème, à vrai dire. Et quand il me rappela mes engagements vis-à-vis de lui, je sentis fléchir ma résolution. Avant même qu'il eût fini de me sermonner, je savais que je ne couperais pas au voyage. Je rallierais le Sud sur le *Trashman*. Je rentrai au bateau en me disant que j'étais une belle imbécile. Et à double titre : pour avoir téléphoné et pour m'être laissé dissuader si facilement.

A cinq heures du soir, nous avions tout fini, John, Meg, Brad et moi : le rangement, le nettoyage, les vérifications.

Après un brin de toilette, on alla au restaurant rejoindre Mark et faire une dernière fête avant le départ. Le dîner terminé, on passait au bar quand Mark arriva en titubant.

– Je vous présente Tilly, fit Mark qui perdit l'équilibre et faillit faire culbuter la jolie petite brune qu'il voulait nous présenter.

John essaya de soutenir Mark pour l'empêcher de basculer. Après avoir commandé une autre tournée, Mark se dirigea vers moi d'un pas chancelant.

– Hé, dis donc, Mark, aujourd'hui j'ai eu une petite conversation avec un de mes amis, en Angleterre. Les Williams, le propriétaire de l'*Ocean Greyhound.*

Tout le monde se tut, Mark rougit jusqu'aux oreilles.

– Il a dit qu'il n'avait jamais entendu parler de toi, repris-je. Et que son bateau était en pièces détachées.

– Sale petite connasse ! grogna-t-il, approchant son visage du mien. Putain, qu'est-ce que tu fous à te renseigner sur moi dans mon dos ?

– Oh, pas de quoi en faire un plat ! Il a semblé surpris, c'est tout.

– Dites donc, vous deux, s'interposa John. On s'amusait bien, vous n'allez pas tout gâcher.

– Je ne gâche rien, dis-je. Je m'amuse beaucoup.

– Tu te prends vraiment pas pour de la merde, Miss Whitbread ! siffla Mark.

Brad s'avança et attrapa Mark sous l'aisselle :

– Allez, viens. Assieds-toi là. Laisse tomber. Debbie, tu laisses tomber aussi, d'accord ?

– D'accord.

Quand on partit à la fermeture, Mark attrapa une pleine bouteille de Dewar derrière le bar et fila vers la porte. De retour à bord du *Trashman*, la fête se prolongea presque jusqu'à l'aube. Elle se termina en queue de poisson quand Mark, qui buvait le whisky au goulot, mit la main sous la jupe de Tilly pour lui enlever sa petite culotte. Vexée, Tilly rentra sur son bateau et tout le monde partit se coucher. J'étais soûle, fatiguée et écœurée.

A midi, nous étions prêts à larguer les amarres. Si l'équipage n'était pas très frais, le temps était superbe. Un vent arrière de nord, nord-ouest soufflait à dix,quinze nœuds sous un ciel dégagé, et la température avoisinait les 20° C. Le matin, on avait reçu un bulletin météo et capté les prévisions à la radio. En principe, on devait avoir beau temps pour les trois ou quatre jours à venir. On descendit la Chesapeake avec la voile d'artimon, la grand-voile et un foc de route. Le *Trashman* adorait ça. Il volait sur l'eau, il surfait sur les vagues à une vitesse de neuf nœuds, nous faisant oublier sa taille et sa lourdeur.

Le vent fraîchit en fin d'après-midi. Juste avant le coucher du soleil, John décida d'amener le foc de route, ne voulant pas risquer d'abîmer dans le noir le précieux bijou de Newberger. A six heures du soir, on commença les tours de quart. Mark et John prirent le premier, tandis que Brad et moi descendions nous coucher.

Trois heures plus tard, Meg nous réveilla pour dîner. John avait mis le bateau sous pilote automatique pour qu'on puisse manger tous ensemble. Meg, John et Brad étaient de belle humeur mais Mark me fixait de ses yeux bleu glacier, le visage dur et fermé.

– Si tu crois que j'ai oublié que tu m'as espionné, la petite Miss Whitbread, tu te fourres le doigt dans l'œil, finit-il par déclarer. La revanche est un plat qui se mange froid et qui fait mal. Tu verras…

Je regardai John : en tant que skipper, c'était à lui de faire régner l'ordre dans l'équipage.

– Garde tes remarques pour toi, mon vieux, fit John.

Après un silence tendu, Meg se remit à papoter, parlant d'un bar qu'elle voulait voir à Fort Lauderdale, et tout le monde parut se détendre. Je finis rapidement mon repas et montai sur le pont. Le *Trashman* dansait sur les vagues sous un ciel étoilé. J'essayai d'oublier Mark et de me concentrer sur le bruissement soyeux du bateau fendant la mer avec assurance. Fermant les yeux, j'offris mon visage à la caresse du vent. Il faisait frisquet mais j'étais habillée en conséquence. Et je savais que chaque minute qui passait me rapprochait de la Floride.

Quand Brad m'eut rejointe sur le pont, on débrancha le pilote automatique. Presque complètement vent arrière, le *Trashman* filait toutes voiles dehors, grand-voile, voile d'artimon et foc déployés. C'était la première fois que je voyais le bateau naviguer ainsi : il était fantastique !

On barra chacun à son tour, Brad et moi, tout en discutant, et on y prit tant de plaisir qu'on décida de laisser les autres dormir un peu plus longtemps. J'aimais bien Brad, il était détendu, drôle et visiblement fou de voile. Il avait une douceur que ne laissait pas deviner sa grande taille. Il me faisait penser à un énorme ours en peluche. Il me raconta qu'il avait été élevé dans la banlieue nord de Boston et que son père lui avait fait faire de la voile dès son âge le plus tendre.

– Quand ma mère était enceinte de moi, mon père et elle ont essuyé un ouragan en mer, raconta Brad. Et quand j'étais au lycée, papa avait un douze mètres sur lequel je devais embarquer tous les week-ends.

– Devais ?

– Ouais. Tous les week-ends et même tous les jours, pendant les vacances de mon père.

Je lui racontai que j'avais appris la voile en camp de vacances, au Texas, mais que je n'avais plus refait de bateau jusqu'à ce que je laisse tomber mes études à l'université d'Austin et que je parte pour les Caraïbes.

– Ta mère n'était pas furieuse que t'aies laissé tomber tes études ?

– Je ne lui ai rien dit. J'ai filé, tout simplement. Je lui ai téléphoné quatre mois plus tard : je crois qu'elle ne s'était même pas rendu compte que j'étais partie.

Vers quatre heures du matin, vannés, on arrêta de parler. Quand on eut réveillé John et Mark pour qu'ils prennent leur quart, je m'effondrai sur ma couchette et m'endormis presque aussitôt.

Lorsque je montai sur le pont pour prendre mon quart, quatre heures plus tard, je constatai avec plaisir que nous étions sortis de la baie et que le bateau filait en plein océan. Les conditions de navigation restaient excellentes, avec des vents de quinze à vingt nœuds, une légère houle et quelques petits nuages ventrus.

Descendant chercher du café, je trouvai John au poste de navigation et lui demandai si le projet de retrouver Tilly à Beaufort, en Caroline du Nord, pour fêter son anniversaire tenait toujours.

– A mon avis, les prévisions sont si bonnes qu'on devrait tout simplement continuer. Ce serait bien ma veine de débarquer à Beaufort et de rester coincé là une semaine par un temps de chien ! Et de toute façon, je trouve pas la carte.

– Quelle carte ?

– Celle de la côte. Pas d'importance. On n'en a pas besoin.

Je remontai sur le pont et je pris la barre pour relayer Brad. On avait légèrement modifié notre route, mettant le cap un peu plus au sud-est de façon à doubler le cap Hatteras au large [1]. Je n'avais encore jamais fait la côte atlantique, mais je savais que la zone était réputée pour son sale temps. Nous n'avions pas changé d'amures et nous naviguions toujours au largue, sous grand-voile, voile d'artimon et foc. Mark et John avaient détangonné le foc pendant leur quart.

1. Le cap Hatteras comprend une chaîne d'îlots qu'un bateau peut passer du côté terre ou du côté large. *(NdT)*

On filait toujours à bonne allure et je commençais à croire qu'on serait peut-être en Floride plus tôt que prévu.

John et Mark arrivèrent sur le pont vers midi, avec une bière chacun. Mark portait une petite glacière en plastique.

– T'en veux une fraîche ? proposa-t-il à Brad qui fit non de la tête.

Après un déjeuner rapide, on descendit se coucher, Brad et moi. En me réveillant vers quatre heures de l'après-midi, je sentis tout de suite au mouvement du bateau que le vent avait fraîchi. J'enfilai mon ciré, je réveillai Brad et je montai sur le pont. Le vent soufflait à vingt-cinq ou trente nœuds, il y avait des vagues hautes de trois, quatre mètres et de gros nuages noirs arrivaient de l'horizon. Bien que la météo n'eût pas indiqué de changement, il était clair que ça se gâtait.

Mark et John avaient enroulé le foc, la grand-voile et la voile d'artimon, les réduisant d'environ vingt-cinq pour cent. Le bateau était toujours bâbord amures et avançait bien, malgré la grosse mer. On se relayait à la barre toutes les vingt minutes environ, Brad et moi, mais chaque fois que c'était mon tour de barrer, j'avais un peu plus de mal à maintenir le cap du *Trashman*. Le vent avait considérablement fraîchi en quatre heures de quart, atteignant trente à trente-cinq nœuds, avec des vagues de quatre à cinq mètres.

En bas, John avait rembobiné et remis la cassette de Steve Winwood.

– Faut qu'on dise à John de changer de cassette, remarquai-je. J'en ai par-dessus les oreilles !

Quand je descendis chercher John et Mark pour leur quart, je les trouvai installés dans le carré.

– T'as soif ? s'enquit John en me tendant une bière.

– Que dit le dernier bulletin météo ? demandai-je en enlevant mon ciré.

– La même chose que le précédent et que celui d'avant, répondit John en haussant les épaules.

– Mais ça tourne au gros temps.

– Ça, c'est pas du gros temps, répliqua Mark qui grimpa les marches de la descente en s'efforçant de ne pas renverser son verre plein de liquide ambré.

– Bon, finalement je boirais bien un verre, déclarai-je. Qu'est-ce qu'il a dans le sien ?

– Du Dewar.

– Avec quoi ?

– Sec.

M'étant fait une vodka additionnée de jus de canneberge, je m'effondrai sur le divan. Mon visage brûlé par le vent me cuisait, j'avais la peau rêche à cause du sel. Brad arriva, prit une bière, et on mangea les lasagnes que Meg avait réchauffées. Puis chacun regagna sa couchette pour faire un somme.

On me secouait le bras.

– Lève-toi, Debbie, tout de suite !

C'était John, la voix tendue.

– Ça y est, je suis debout.

– Qu'est-ce qui se passe ? fit Brad.

– Ça souffle à trente-cinq, quarante nœuds, mais la météo n'a pas annoncé de changement. C'est vraiment bizarre, mon vieux. Une sacrée tempête qui arrive de nulle part…

– Comment est la voilure ?

– On a réduit la toile autant qu'on le peut avec ce foutu système d'enrouleurs. On a complètement amené le foc et on a envoyé un foc bômé. On a encore enroulé vingt-cinq pour cent de la grand-voile, ce qui fait qu'il en reste à peu près la moitié.

Le bateau chevaucha une vague avec un claquement sonore qui le fit vibrer de partout.

– Putain ! fit John.

– Et la voile d'artimon ? demanda Brad.

– Y a déjà une heure qu'on l'a enroulée.

Sur le pont, le temps semblait loin d'être aussi mauvais

que John l'avait laissé entendre. La mer était grosse mais, après tout, on se trouvait dans le Gulf Stream qui a toujours tendance à amplifier les phénomènes météorologiques. Il y avait sans doute une zone de basses pressions juste au nord des Bahamas qui expliquait la forte houle d'est. On aurait sans doute mauvais temps jusqu'à ce qu'on ressorte du Gulf Stream.

Je pris la barre que je passai à Brad au bout de dix minutes. Ça allait être le genre de quart où l'on alterne le travail et le repos par courtes périodes intenses. Au bout d'un moment, John nous appela depuis le bas de la descente :

– A mon avis, c'est le moment de virer de bord.

Échange de regards incrédules entre Brad et moi.

– Là ? Tout de suite ? criai-je en réponse à John. Qu'est-ce qui te prend ? T'as décidé d'aller quand même fêter l'anniversaire de Tilly ?

– Le temps m'inquiète. Je veux pas me trouver coincé dans le Gulf Stream si ça s'aggrave.

– Pour ne rien te cacher, mon vieux, on est déjà dedans ! lança Brad.

Le raisonnement de John ne tenait pas debout à mes yeux. S'il est vrai que le Gulf Stream peut être traître, on était trop dangereusement près du cap Hatteras pour songer à mettre le cap sur la côte. Cela dit, c'était John qui commandait. On vira de bord, Brad et moi.

Tribord amures, le vent arrivait pratiquement plein vent arrière et soufflait par rafales, avec des pointes à quarante nœuds. Bon Dieu, j'espère que John sait ce qu'il fait, pensai-je. On se relayait à la barre, Brad et moi, et chaque fois que je la reprenais en main, la mer semblait encore un peu plus démontée et le vent plus violent. C'était épuisant de lutter pour garder le cap et, sur la fin de notre quart, vers minuit, j'avais désespérément besoin de sommeil.

En bas, dans le carré, les deux gros fauteuils se baladaient au gré des mouvements du bateau, creusant de profondes rayures dans le parquet ciré. Je demandai à John s'il voulait que je les arrime : pas la peine, répondit-il à mon grand soulagement. J'eus à peine la force de retirer mon ciré avant de m'écraser sur ma couchette.

Quatre heures plus tard, quand on remonta sur le pont, Brad et moi, le temps avait encore empiré. A mesure que notre quart avançait, on parlait de moins en moins, on se concentrait sur la navigation. Quand arriva l'heure de la relève, nous étions au bout du rouleau, tous les deux.

– Venez vite !

Je reconnus la voix de John. Je gémis en me frottant fort les yeux.

– On a bien dormi nos quatre heures ?

– C'est vraiment le sale temps, là-haut ! s'écria John. On embarque de la flotte.

Je me frottai les yeux un peu plus fort.

– Allez, grouille-toi, dépêche-toi de monter là-haut ! répéta John, impatient. Mark a... ben, il a plus ou moins perdu les pédales. Faut qu'on le fasse descendre.

John dit qu'il allait vérifier le générateur pour qu'il soit prêt en cas de besoin. J'enfilai mon ciré, pensant en moi-même que John n'avait pas l'habitude du gros temps. Et puis je sentis le bateau se soulever par l'arrière, comme sous l'effet d'un treuil. Je tendis les bras en gémissant pour me raccrocher à quelque chose tandis que le bateau gîtait.

Il y eut une fraction de seconde de pause et j'éprouvai cette espèce de sentiment d'attente angoissée qu'on ressent sur les montagnes russes, au sommet d'une côte raide. Le bateau amorça sa redescente et j'eus l'impression que mon estomac fichait le camp.

– Putain de merde ! s'exclama Brad.

J'entendis Mark qui gueulait sur le pont. Le *Trashman* se

mit à vibrer de toute sa coque en dévalant la pente de la vague à une vitesse incroyable. M'agrippant à la cloison pour ne pas tomber à la renverse, je grimpai tant bien que mal les marches de la descente.

Quand j'arrivai sur le pont, je restai figée d'horreur en voyant Mark à la barre qui riait et parlait tout seul, hurlant au vent déchaîné. Les cheveux d'un blond presque blanc plaqués sur le crâne, le chandail vert électrique, le visage rougi, les yeux pâles, on eût dit une créature d'une autre planète. Brad arrivait derrière moi :

– Putain de merde ! répéta-t-il en découvrant Mark et l'océan qui jouait aux montagnes russes.

Le vent devait atteindre les quarante-cinq ou cinquante nœuds, voire cinquante-cinq, et la mer formait des murs de granit liquide de dix à douze mètres de haut. Des eaux si violentes qu'elles semblaient solides quand elles se fracassaient contre l'arrière du bateau. Comme je me dirigeais vers la barre, Mark s'écarta et perdit l'équilibre. Il retomba bruyamment au fond du cockpit.

– Un homme à la mer ! hurla-t-il dans un rire, son menton retombant sur la poitrine.

Il était ivre, soûl comme une bourrique. Il rampa jusqu'à la descente.

– S'père que c'est pas trop dur pour toi, Miss Whitbread ! lança-t-il en se laissant glisser dans la descente.

– Va te faire foutre, Mark, répliquai-je.

– Va te faire foutre, Mark, répéta-t-il d'en bas en prenant une voix de fausset.

4

Quand j'eus la barre en main et que je sentis le bateau se coucher en descendant les gigantesques vagues, je compris pourquoi Mark avait gueulé comme un fou. Je devais mobiliser toute la force dont j'étais capable pour maintenir la barre contre l'irrésistible force des eaux. J'avais déjà vu une mer aussi déchaînée quand je naviguais sur le *Xargo*, mais jamais je n'avais barré moi-même dans une telle tempête. C'était à la fois terrifiant et excitant, une expérience d'une intensité qui dépassait tout ce que j'avais pu connaître à bord d'un voilier.

Brad appela John, en bas : il pensait qu'on ferait mieux d'enlever la bâche du cockpit avant de la perdre. John pointa le nez dehors, parla avec Brad une minute et redisparut.

– Il dit qu'il n'arrive pas à trouver les panneaux de fermeture de la descente, rapporta Brad, et que si on enlève la bâche du cockpit, le volet à claires-voies laissera rentrer trop de flotte.

Je l'entendais à peine, tant le gréement vibrait. Brad proposa de me relever à la barre. Me laissant tomber comme une masse à côté de lui, je regardai la mer, toute de pics et de vallées. Pas une seule ligne droite en dehors des filières [1] du bateau. Et du gris partout. Le gris de l'aube, du couchant ou

1. Minces câbles d'acier qui courent tout le long d'un voilier et servent de garde-corps. *(NdT)*

de midi ? Je ne savais plus, je dus réfléchir un instant. Mais cela avait-il encore de l'importance ? J'imaginais le spectacle depuis les airs : les vagues bondissant et se précipitant sur l'arrière du bateau, telles des bêtes féroces qui se jettent sur leur proie.

Quand on plongeait à toute allure vers le fond du sombre canyon creusé entre deux vagues, le vent et le tumulte cessaient brusquement, comme si on coupait le courant au milieu d'une simulation de tempête. Et puis la chevauchée fantastique recommençait tandis que le bateau remontait vers la crête des vagues furieuses. Je ne savais ce que j'appréhendais le plus, de l'effrayant silence du creux de la vague ou de la furie hurlante de la crête.

J'entendis Meg m'appeler au milieu du terrible fracas. Sa voix me fit sursauter : je ne l'avais pas vue depuis... Depuis quand ? Un jour peut-être. J'enrageai à nouveau contre John qui l'avait emmenée avec nous. A quoi servait-elle ? Alors qu'une paire de bras compétents aurait pu nous être utile par ce sale temps de chien.

Je trouvai Meg debout dans la cuisine, vêtue d'une chemise Oxford à col boutonné appartenant à John, et d'un bas de survêtement violet.

– Plutôt dur là-haut, hein ? fit-elle en me tendant un café.

Le bateau gîta et j'essayai de ne pas renverser la tasse.

– Qu'est-ce que t'en sais ? rétorquai-je. T'es allée faire un petit tour sur le pont ?

La remarque avait fait mouche, je le vis au regard blessé de Meg qui détourna les yeux.

– S'il te plaît, ne sois pas vache avec moi, Debbie. Tu sais bien que je ne servirais à rien, là-haut. Oh, mon Dieu !

Le bateau était à nouveau en chute libre. Meg perdit l'équilibre : valsant à l'autre bout de la cabine, elle s'y cogna un bon coup avant de retomber contre le divan. Ayant réussi tant bien que mal à rester debout, je me précipitai pour l'aider à se relever.

– Ça va ? lui demandai-je.

– Ça va très bien, fit-elle, esquivant ma main offerte.

– Excuse-moi, je suis complètement vannée.

Il y eut un bruit formidable sur le pont et Brad poussa un grand cri : remontant en quatrième vitesse, je le vis qui fixait l'arrière du bateau, les yeux exorbités.

– Ça va pas ?

– Fichu le camp ! répondit Brad.

– Qu'est-ce qui a fichu le camp ?

Me tournant pour suivre son regard, je compris qu'il parlait du canot Dyer Dhow : il avait été emporté par la mer en furie. Il ne restait plus qu'un bout de potence.

– Qu'est-ce qui s'est passé ?

– Une vague. Elle l'a emporté, vlan, comme un vulgaire fétu de paille ! fit Brad. Je l'ai même pas vue venir.

John arriva sur le pont. Il hocha lentement la tête en découvrant qu'on avait perdu le canot.

– Putain, ça va chier des bulles avec Newberger ! dit-il en fixant l'emplacement vide où avait été accroché le canot. Il va me mettre en charpie !

A midi, notre quart prit fin et j'allai me coucher. Quatre heures plus tard, nous étions de retour sur le pont, Brad et moi, et le temps ne s'améliorait toujours pas. Le vent avait même encore forci et les vagues étaient carrément monstrueuses. La bôme du foc avait cassé dans l'après-midi quand une énorme vague avait frappé le bateau avec une violence telle que le *Trashman* avait viré de bord tout seul. Le foc bômé étant retenu par des écoutes, la bôme n'avait pas résisté à la pression conjuguée du virement de bord forcé et des paquets de mer balayant le pont. Mais, heureusement, la voile même n'était pas abîmée.

Quand j'eus la barre en main, je constatai que le foc bômé était très difficile à contrôler. Et, avec la nuit tombante, la tâche de barrer le bateau allait devenir redoutable puisqu'on ne verrait même plus l'adversaire. Je me persuadai cependant qu'on pouvait encore gérer la situation. Il suffisait de rester calme et de faire ce qu'il faut, nous répétions-nous, Brad et moi. Mais quand notre quart se termina à huit heures, nous ne pouvions plus cacher notre épuisement ni notre peur. Arrivant en bas, je trouvai Meg en train d'enfiler son ciré. Je lui demandai ce qu'elle faisait :

– Je monte donner un coup de main.

– Tu plaisantes ? C'est un vrai cauchemar, là-haut !

Elle haussa les épaules et gravit les marches de la descente. J'étais trop épuisée pour penser à Meg. Je la regardai monter et partis me coucher.

Je fus réveillée un peu plus tard par John qui me secouait, penché sur moi. Il parlait si vite que j'avais du mal à suivre.

– On a des ennuis. Meg est tombée et elle s'est fait mal. Il faut que j'aille au compartiment-moteur mettre le groupe électrogène en route, et je peux pas laisser Mark tout seul là-haut.

Brad se dressa aussitôt sur son séant et commença d'enfiler son ciré.

– Qu'est-ce qu'il lui est arrivé ?

John raconta que Meg venait de défaire le mousqueton de son harnais de sécurité avant de redescendre dans le carré quand une vague l'avait attrapée et projetée contre une paroi du cockpit.

– Elle a un bleu énorme, ça a l'air vilain.

Meg était couchée par terre au beau milieu de la cabine d'avant, les pieds calés contre une des couchettes. Elle grimaçait de douleur chaque fois que le bateau se soulevait, mais quand je lui offris de l'aide, elle affirma qu'elle allait bien. Je partis ensuite jeter un coup d'œil dans le compartiment-moteur pour voir si John s'en tirait avec le groupe électrogène.

Il n'y avait pas de bruit dans ce coin-là. C'était presque paisible, malgré les violentes embardées du bateau. Et John buvait une bière, assis par terre.

– Tiens, tu te fais une petite fête ici ? remarquai-je.

– Comment va Meg ?

– Elle prétend qu'elle va bien. Mais toi, qu'est-ce que tu fabriques ?

– Je réfléchis.

– Je croyais que tu devais t'occuper du groupe électrogène.

– Mais justement, c'est à ça que je réfléchis.

– Ah !

– Tu ferais mieux de retourner sur le pont, conclut John.

Je n'en croyais pas mes oreilles : monsieur était tranquillement assis à siroter une bière, au chaud et au sec, et il m'ordonnait de me dépêcher de remonter sur le pont ! Je retrouvai Brad à la barre avec Mark, assis à ses côtés.

– Ah, merci petit Chésus, on est chauvés ! fit Mark. V'là la Miche Whitbread !

– T'es complètement cinglé, non ? hurlai-je. On est coincés en pleine tempête et toi, t'es carrément pété ! T'es même un pire trou-du-cul que ce que je pensais.

– Chiale pas, va ! fit Mark qui essayait tant bien que mal de se remettre sur ses pieds. Y flotte encore, le putain de bateau, non ?

Il se dirigea vers la descente en titubant.

– Il fera tant et si bien qu'on y passera sûrement tous ! criai-je à Brad.

– Qu'est-ce que tu veux que j'y fasse ? Il était de quart avec le skipper, nom de Dieu ! Qu'est-ce que j'y peux ?

Je repris la barre. Et il fallut bien oublier Mark, oublier tout le reste pour ne plus penser qu'à contrôler le bateau. Avec des vents soufflant constamment à soixante nœuds, cela devenait pratiquement impossible d'empêcher le foc bômé de nous faire virer de bord. Tant qu'on était au sommet de la vague, ça allait, mais dès qu'on plongeait dans un creux, le bateau était déventé, les eaux furieuses le poussaient par le travers et les voiles faseyaient désespérément. Un brusque virement de bord, et le mât pouvait casser. Ça devenait même trop dangereux de garder la grand-voile, mais on était coincés : on n'avait pas pu enrouler les vingt-cinq pour cent de voile restants et c'eût été suicidaire que d'essayer maintenant.

Il fallait que je mobilise toutes mes ressources pour garder le *Trashman* droit. J'étais si concentrée quand je barrais que je n'avais pas le temps d'avoir peur mais, dès que Brad me remplaçait, je voyais quel enfer nous traversions. Et, chose incroyable, le vent et la mer continuaient de forcir ! L'anémomètre, qui indiquait 66, 67, 68, sauta à 71. Le mât de grand-voile vibrait si fort qu'on avait l'impression qu'il allait faire exploser le bateau. À quatre heures du matin, j'étais totalement vidée. Brad descendit chercher Mark et John mais revint sans eux.

– John dit qu'il en a encore pour un petit moment avec le groupe électrogène et Mark est dans le cirage. J'arrive pas à le réveiller.

– Ça, alors, c'est la meilleure ! Combien de temps il faut pour réparer un groupe électrogène ?

– Bah, on peut tenir encore un peu. Passe-moi la barre et va nous chercher du café.

John sortait de la cabine d'avant au moment où j'arrivais en bas. Il me demanda si je voulais bien retourner voir Meg.

– Essaie juste de la rassurer un peu sur le temps, tu vois ? Dis-lui que tout va bien.

Ah ça, tu peux dire que tout va bien ! eus-je envie de lui crier. Il voulait peut-être aussi que je lui parle du clair de lune qui dansait sur les eaux calmes ou de la douce brise qui caressait les voiles. Et que penserait-il d'un petit topo dans le genre : « Dis donc, Meg, les vagues sont si énormes qu'on croirait l'Himalaya, bon sang, j'en meurs de trouille et toi aussi, sans aucun doute ! » Meg était toujours couchée par terre. Elle avait pleuré.

– Comment vous vous en sortez, là-haut ? demanda-t-elle.

– C'est pas bien marrant mais on s'accroche. Et toi ?

Elle avait vraiment l'air mal en point.

– Ça ira mieux quand on arrivera.

Après quelques minutes de conversation, je retournai sur le pont. John arriva peu après, annonçant qu'il voulait qu'on mette le moteur.

– Maintenant ? s'étonna Brad.

– Je me fais du souci pour Meg. Il faut qu'on la fasse hospitaliser.

– Je sais pas si ça nous fera gagner tellement de vitesse, répliqua Brad.

– De toute façon, il faut recharger les batteries.

Brad fit tourner la clé de contact, appuya sur le démarreur et le moteur partit. Les haut-parleurs se remirent à brailler du Steve Winwood. On continua de se relayer à la barre, Brad et moi, tout au long d'un quart qui n'en finissait plus. Il y avait près de six heures que nous étions sur le pont. Brad descendit pour décider John et Mark à prendre leur quart.

Mais il revint seul :

– John dit qu'il lui faut encore quelques minutes pour le groupe électrogène et Mark est toujours dans le cirage.

L'alarme du moteur se déclencha juste à ce moment-là. John accourut sur le pont, m'écartant pour couper le moteur.

– Bordel de merde de camelote, c'est pas vrai ! Qu'est-ce qui peut encore péter, maintenant ? On a dû griller un rotor de plus !

– Eh bien, on réparera, dit Brad. Te bile pas.

– Je suis pas sûr qu'il en reste un de rechange à bord. (John se laboura les cheveux d'une main rageuse et jura de plus belle.) Tu peux m'aider à chercher ?

A l'est pointa la lueur chiche d'une aurore de tempête. Toute la nuit, j'avais entendu des couinements, des bruits de casse et de déchirure. Et maintenant, j'avais les dégâts sous les yeux : le *Trashman* était dévasté. La bâche du cockpit en lambeaux, l'anémomètre arraché. Une des antennes avait disparu, une partie du radar avait été tranchée net. Seul le

Zodiac, arrimé au pont, semblait en avoir réchappé sans dommage. Je me sentis soudain très seule. J'appelai Brad. Pas de réponse. Je criai son nom à plusieurs reprises mais, finalement, ce fut Mark qui émergea de la descente.

– T'as pas fini de gueuler comme un putois de merde ! Qu'est-ce qui te prend ?

– Qu'est-ce qui me prend ? Il me prend que je veux que John et toi, vous vous maniiez le cul pour venir faire votre quart, illico presto !

– John est occupé, il cherche quelque chose avec Brad.

Mark redisparut dans la cabine et je me trouvai de nouveau seule. Quelques minutes plus tard, Brad arrivait avec John. Ils n'avaient pas pu trouver de rotor de rechange et John n'avait toujours pas remis la main sur la carte côtière de la zone du cap Hatteras. A supposer qu'on veuille mettre cap sur la côte, on n'avait même pas ce qu'il fallait pour établir une route. Il s'était aussi aperçu que la dérive était coincée et qu'on ne pouvait plus ni la descendre ni la remonter.

– Tu veux dire qu'elle est restée descendue tout le temps ? demandai-je.

– Je viens de te le dire : elle est coincée à mi-course.

– Bon, mais il doit y avoir moyen de la déplacer manuellement.

– J'en sais rien.

– Il y a toujours moyen de se débrouiller.

– Qu'est-ce que t'en sais ?

– Je le sais, John, c'est tout.

– Debbie, c'est peut-être pas possible sur ce bateau-là, remarqua Brad.

– C'est toujours...

– Debbie, tais-toi deux minutes, tu veux ? intervint John. Ce qui compte, c'est d'emmener Meg à l'hôpital. Je vais appeler les gardes-côtes et leur demander de m'indiquer une route jusqu'au port le plus proche.

– Et comment tu crois qu'on va faire pour rentrer dans un

port sans moteur? objectai-je. On n'aurait pas meilleur temps de continuer jusqu'au bout? C'est pas comme si Meg était en danger...

– Qui est le skipper à bord? cingla John, furieux. C'est moi, compris? Moi. Et je vais appeler les gardes-côtes.

– Et merde! lançai-je après le départ de John.

– Je sais, compatit Brad, mais qu'est-ce que tu veux faire?

A six heures et demie du matin, Brad me relaya à la barre. Il y avait six heures et demie que nous étions de quart et le temps empirait toujours. Faisant coulisser le capot de descente, je jetai un coup d'œil en bas. Le carré était en piteux état, les deux fauteuils renversés, trempés. Tout ce qui n'était pas cloué au sol se baladait à chaque violent bond du bateau soulevé par les lames.

John émettait, il parlait aux gardes-côtes.

– Je leur ai donné notre position exacte, fit-il quand il eut terminé.

– Et alors?

– Et je leur ai expliqué qu'on avait une blessée à bord, qu'elle avait besoin de soins médicaux et que je voulais qu'ils m'indiquent une route. Ils ont dit de rester en ligne pour attendre la réponse.

La radio grésilla. C'étaient les gardes-côtes de Charleston qui rappelaient pour indiquer à John la route à suivre. On remonta tous les deux sur le pont pour indiquer à Brad le nouveau cap.

– Je ne sais pas si c'est possible, releva Brad. Ça nous obligerait à prendre les vagues par le travers.

– Contente-toi d'exécuter, mon vieux, fit John d'une voix lasse avant de redescendre.

Brad fit de son mieux pour faire lofer le bateau afin de suivre la nouvelle route mais on n'avançait pratiquement pas, avec juste un foc bômé et un minuscule triangle de grand-voile. Les vagues battaient sans relâche le flanc tribord du bateau.

– On n'y arrivera pas, déclara Brad. J'abats. Va le dire à John.

Me retournant, j'aperçus Mark, debout tout près de la descente.

– Putain, qu'est-ce que vous foutez là, bande d'enfoirés? Même pas foutus de garder un cap avec cette grosse baignoire?

– Ta gueule, Mark, répliqua Brad. (C'était la première fois que je l'entendais parler à Mark sur ce ton.) Va plutôt chercher John. Et pendant que tu y es, regarde un peu l'heure à ta foutue montre : t'as idée de l'heure qu'il est?

Mark fusilla Brad du regard et redescendit.

– Pourquoi se croit-il obligé d'être un pareil trou-du-cul? demandai-je. J'arrive pas à y croire!

– Debbie, arrête. Arrête tout de suite. J'en ai tellement marre de vous entendre vous bouffer le nez à longueur de journée. Ferme-la une minute, tu veux? Tu crois que t'en es capable?

Piquée au vif par les paroles de Brad, je m'avançai près de la barre.

– Bouge-toi, dis-je d'un ton froid. C'est mon tour.

Brad s'effaça et descendit sans mot dire.

Je décidai d'essayer d'amener le *Trashman* au cap 300, la route indiquée par les gardes-côtes. Je sentais l'énorme résistance du gouvernail tandis que je tournais la barre mais, si j'arrivais à modifier le cap actuel, ne serait-ce que d'un cheveu, je pourrais conserver assez de vitesse pour empêcher les vagues de fracasser le bord tribord. Le *Trashman* n'était pas encore au cap 300, mais on n'en était plus très loin et on avançait. Ça ne nous mènerait sans doute pas à l'endroit souhaité par John mais, de toute façon, ce serait un véritable suicide que de tenter de rentrer dans un port. On avait eu assez de mal à pénétrer dans la passe du cap May au moteur et avec un vent de seulement trente-cinq nœuds. John était fou de croire qu'on y arriverait dans les conditions actuelles.

Brad vint m'annoncer qu'ils allaient installer les tapes de

hublot en Lexan [1] sur les hublots des cabines et qu'il faudrait que je reste à la barre.

– Mais j'en peux plus, Brad, plaidai-je, refoulant mes larmes. Je suis trop crevée. Dis à John ou à Mark de se pointer tout de suite.

Deux minutes plus tard apparaissait Mark. Il prit la barre sans un mot. Je me sentais faible, j'avais la tête qui tournait, l'impression que j'allais tomber dans les pommes. En descendant dans le carré, j'entendis John qui envoyait un nouveau message radio : il se mettait d'accord avec les gardes-côtes pour établir une liaison toutes les heures. La pendule indiquait huit heures vingt du matin : il y avait près de huit heures et demie que j'étais de quart…

John abandonna la radio et me demanda d'aider Brad à trouver les tapes de hublot. Je pris une profonde inspiration : tout ce que ce je voulais, c'était dormir. Mais je savais qu'il fallait que je donne un coup de main. Je trouvai Brad qui farfouillait parmi le matériel rangé dans le coqueron avant. On passa vingt minutes à chercher, mais le dernier volet resta introuvable.

On entendait Mark gueuler depuis le cockpit :

– Quelqu'un a intérêt à se manier le cul pour venir me rejoindre tout de suite ! Pas question que je reste ici tout seul. Grouillez-vous ou je lâche la barre et je descends.

Brad dit qu'il voulait bien monter quelques minutes si John promettait de le relayer très vite. De l'eau dégoulina dans la descente tandis que Brad grimpait les marches. Le bateau trembla, vibra et gémit en dévalant la pente d'une vague, pour retomber lourdement, avec un choc qui nous projeta violemment contre les parois. J'entendis Meg hurler de douleur dans la cabine d'avant.

1. Lexan : nom de marque d'un type de polycarbonate, matériau composite semblable au verre mais d'une très haute résistance aux chocs. *(NdT)*

– Cette fois, ça suffit ! s'écria John qui se précipita au poste de navigation, brancha la radio et essaya d'appeler les gardes-côtes de Charleston.

Il dut faire deux tentatives avant qu'on lui réponde.

– Je sais que je vous rappelle plus tôt que prévu, mais je crois que je vais avoir besoin de votre aide. On prend vraiment une sacré dérouillée, par ici. La coque est complètement dans la flotte, ça prend pas belle tournure pour l'instant. Terminé.

C'était terrifiant d'entendre John déclarer forfait. Je ne m'étais encore jamais trouvée à bord d'un bateau qui ait sollicité l'aide des gardes-côtes. J'en éprouvai un drôle de mélange d'humiliation et de soulagement. Je montai sur le pont avertir Brad et Mark que John venait de lancer un appel à l'aide.

– Pas question ! s'indigna Mark. Tout va très bien. On n'a pas besoin de ces foutus zigues. Ah, les putains d'amateurs !

John arriva à son tour sur le pont pour relever Mark qui s'assit dans le cockpit à côté de Brad.

– Putains d'amateurs, marmonna-t-il.

Descendant voir comment allait Meg, je la trouvai endormie par terre. Apparemment, il y avait une dizaine d'heures qu'elle n'avait pas bougé. A se demander si elle était même allée aux toilettes. Je me sentis terriblement coupable en la voyant ainsi : elle avait dû monter sur le pont parce que je m'étais moquée d'elle et, maintenant, elle gisait là, blessée. Le bateau claqua de nouveau contre une vague, me projetant contre le chambranle de la porte. John m'appelait : je me remis d'aplomb et montai rejoindre le reste de l'équipage dans le cockpit.

– Je voudrais faire un changement de voilure, dit John. Puisque le foc bômé est déchiré, on va essayer de dérouler juste assez de génois pour nous stabiliser un peu. Et on déroulera un petit bout de grand-voile supplémentaire, il faut qu'on récupère de la vitesse.

Mark resta planté, bras croisés, hochant la tête. John l'ignora et, une minute plus tard, Mark partait en grommelant. On exécutait les ordres de John, Brad et moi, quand, en me baissant, j'aperçus soudain Mark qui débouchait sur le pont à toute allure et se précipitait sur John, prêt à lui écraser une manivelle de winch sur le crâne. Je hurlai et John esquiva le coup.

– Qu'est-ce que tu fous ! criai-je à Mark qui se retourna alors vers moi, brandissant toujours la manivelle.

Il m'attrapa le bras de sa main libre et se mit à le tordre très fort. Brad tira Mark en arrière pour qu'il me lâche. Mark se mit face à la mer, feignant de jeter la manivelle du winch à l'eau. Brad dut la lui arracher de la main. Mark se dégagea brusquement et fonça vers la descente.

– Il est complètement ravagé, ce mec ! m'écriai-je alors, incrédule.

– Il est pété, fit John. Laisse tomber. Il faut qu'on finisse la manœuvre.

John se plaça sous le vent, au point d'écoute du foc, et se mit à choquer l'écoute du foc bômé tandis que je tirais sur la bosse d'enrouleur. Pendant que John nouait une autre écoute sur le génois et l'enroulait sur le winch, je me postai à tribord où je commençai à dérouler la bosse d'enrouleur du génois. Il fallait être très vigilante, je le savais, sinon le vent risquait d'attraper le génois et de le dérouler tout d'un coup. Donnant progressivement du mou à la bosse d'enrouleur sur le winch, je la laissai partir doucement, à mesure que John bordait l'écoute. Mais en un éclair, mes pires craintes devinrent réalité : le génois tout entier se déploya d'un seul coup devant le bateau où il se mit à battre avec un bruit de tonnerre, entraînant le *Trashman* sur le flanc. La bosse d'enrouleur avait cassé. Dès que John vit le génois s'envoler, il choqua aussitôt l'écoute et le bateau se redressa.

– Faut absolument amener le génois ! cria John.

Si le génois venait à se coincer sous la coque, il pourrait entraîner le bateau par le fond. John avança tant bien que mal jusqu'à l'avant du bateau, luttant continuellement pour ne pas se faire emporter par les vagues qui balayaient le pont.

Je rampai jusqu'au grand mât et m'y agrippai en l'enserrant d'une jambe. La drisse métallique du génois restait collée au winch par de la rouille. Ayant réussi à la décoincer de force, je fis signe à John d'amener le génois. Il tira un bon coup, puis deux. Rien. Levant les yeux, je m'aperçus que le vent avait délogé la têtière de la voile de la glissière qui la retenait à l'étai.

Après avoir pris plusieurs tours de winch et bloqué la drisse en bas, je voulus rejoindre le cockpit, luttant pour garder l'équilibre au milieu des paquets de mer qui déferlaient sur le pont. On avait désespérément besoin d'une autre paire de bras, même si ça devait être ceux de Mark. Me baissant pour jeter un coup d'œil dans la cabine, je vis Mark qui parlait à la radio :

– ... pas si mal que ça, disait-il. J'ai juste affaire à une bande d'enfoirés.

– Mark, laisse cette radio ! On a besoin de toi là-haut, et tout de suite. Y a une voile à amener.

Je remontai sur le pont, me demandant comment rejoindre John. Il se trouvait toujours à l'avant du bateau dont le bord sous le vent était maintenant complètement immergé.

– Bon Dieu !

C'était la voix de Brad. Levant les yeux, je vis Mark faire irruption sur le pont, un couteau de boucher entre les dents. Il le prit en main et le brandit à grands gestes en criant :

– Bandes de crétins ! Mais coupez donc, coupez donc ! Vous allez tous nous y faire passer !

Je réussis à rejoindre John en attachant le mousqueton de mon harnais de sécurité de point en point. A peine étais-je arrivée près de lui qu'une vague s'abattit sur nous. On s'agrippa l'un à l'autre et au génois. Puis, quand l'eau se fut retirée, on compta jusqu'à trois avant de recommencer à tirer de toutes nos forces. Je sentis la voile bouger légèrement. Là-dessus, une autre vague nous submergea. On attendit, puis on se remit à tirer, encore plus fort, et la voile nous tomba dessus, gonflée comme un ballon.

L'avant du bateau était balayé par d'énormes paquets de mer et, soudain, je me retrouvai flottant dans les mètres de Dacron de la voile qui me tirait vers le côté sous le vent. Ma main heurta un objet solide que j'agrippai pour me dégager et regagner le cockpit. Je vis en me retournant que John, lui, était encore pris dans la voile qu'il tentait de remonter sur le pont.

– Laisse-la filer, John ! lui criai-je.

Il risquait d'y rester pour sauver une voile ! Une vague me culbuta et m'emporta jusqu'à la ligne de vie, sous le vent. Suffoquant, je me débattis comme un diable pour émerger à l'air libre. Et, par hasard, John refit surface à côté de moi.

– Grouille-toi d'avancer avant que la prochaine nous tombe dessus ! cria-t-il.

Mais déjà des trombes d'eau s'abattaient sur moi et je glissai. Je sentis alors qu'on m'attrapait par le ciré et qu'on me tirait dans le cockpit. C'était Mark.

– Putain, qu'est-ce que vous foutez, les mecs ! Pourquoi faut toujours que vous mettiez votre grain de sel partout ? Vous allez tous nous faire massacrer, nom de Dieu !

Il n'avait plus le couteau à la main. L'air était si saturé d'embruns qu'on y voyait à peine et qu'on avait du mal à respirer. Tous les quatre assis dans le cockpit, on se cramponnait désespérément malgré les violentes embardées du bateau qui tanguait et plongeait de plus belle. Mark avait la tête dans les mains. Je pris la barre pendant que John et Brad installaient les tapes de hublot sur les hublots de tribord. La partie bâbord du bateau était entièrement submergée, hublots compris, et nous n'aurions pas pu monter les tapes, même si nous les avions trouvées.

Je continuais à barrer le bateau, quoique « barrer » soit un bien grand mot en l'occurrence, puisque j'avais toutes les peines du monde à simplement maintenir la barre tandis que le bateau grimpait et plongeait à une allure vertigineuse, au gré des lames furieuses. J'avais les bras tremblants de fatigue, les mains si froides, si rouges et abîmées que je ne les sentais plus. Une fois les volets montés à tribord, John descendit dans le carré et Brad prit la barre. Mark remonta dans le cockpit annoncer que John était en contact radio avec les gardes-côtes.

– Je crois qu'ils vont envoyer un avion, dit-il.

La remarque nous fit éclater de rire, Brad et moi : pensez donc, un avion qui sortirait là-dedans pour venir nous chercher ! L'idée même en semblait ridicule, mais Mark insista : ils avaient bien dit ça. Je regardai le ciel bas et lourd : en quoi un avion pourrait-il nous aider ? A part peut-être récupérer Meg avec un treuil, voire nous tous ? Mais cela voudrait dire abandonner le *Trashman*, et je ne nous voyais pas faire une chose pareille.

Meg arriva au bas de la descente. J'étais étonnée de la voir bouger. Elle annonça qu'un avion se dirigeait vers nous et qu'il faudrait crier très fort quand on l'entendrait, pour que John puisse indiquer au pilote qu'il se rapprochait. Comment l'entendre dans le rugissement du vent, le fracas des vagues, le sifflement du gréement qui vibrait ? Mais, quelques minutes plus tard, on distingua bel et bien un bruit de moteur ! John pointa la tête dehors :

– Vous le voyez, non ? Eux, ils croient qu'ils sont juste au-dessus de nous. Dites-moi vite, dès que vous les repérerez.

Je levai les yeux, attentive. Et, comme dans un rêve, un petit bimoteur à hélices émergea du plafond bas des nuages. On lui fit aussitôt des signes frénétiques en criant et en riant, Brad, Mark et moi. C'était fou, irréel, tel un grand oiseau mythique descendu des cieux pour nous tirer de l'enfer.

– T'as déjà vu un albatros, Brad ? lui criai-je, sans décoller mon regard de l'avion.

– Non, fit-il, regardant l'avion décrire un cercle, lentement.

– Ils sont incroyables. J'en ai vu dans l'Atlantique Sud. Il soufflait un vent dingue, comme maintenant, et, tout d'un coup, est apparu un énorme oiseau venu de nulle part, qui est resté à planer au-dessus de nous. On dit qu'ils portent bonheur.

L'avion disparut quelques instants dans les nuages bas puis réapparut. On se remit à gesticuler de plus belle. Puis l'appareil amorça un virage et repartit dans la couche nébuleuse. J'entendais la voix de John qui émettait : d'après les gardes-côtes, il y avait deux navires marchands dans notre secteur, le *Gypsum King* et l'*Exxon Huntington*, qui avaient été avisés de notre situation et qui allaient essayer de nous rejoindre. Ils se trouvaient à quatre ou cinq heures de nous, ce qui signifiait que l'un d'eux, voire les deux, arriverait vers quatre heures et demie de l'après-midi. Bon, pensai-je. On peut tenir jusque-là.

Une fois retombée l'excitation suscitée par le passage de l'avion, je me rendis compte à quel point j'étais épuisée après onze heures ou presque sur le pont. On laissa Mark à la barre, Brad et moi. Il semblait relativement dessoûlé et il ne risquait plus de bousiller grand-chose : il ne restait plus que des mâts nus, puisque nous avions finalement réussi à enrouler manuellement le reste de la grand-voile.

Sur la table des cartes, John avait posé l'EPIRB, un transmetteur d'urgence capable d'envoyer des signaux de détresse aux avions et bateaux de passage. Il avait éteint la radio pour conserver les batteries et ne la rallumerait que vers midi, pour la prochaine liaison avec les gardes-côtes.

Pour l'instant, il ne restait plus qu'à attendre et à récupérer un peu. Je retournai dans ma cabine et me défis de toutes mes couches de vêtements. J'enfilai les seuls habits secs qui me restaient, un vieux sweat-shirt rouge et un short de jogging en nylon rayé, et je grimpai dans ma couchette. Elle était humide, mais peu m'importait. J'entendis de l'eau couler dans la descente à travers le volet à claire-voie, puis le bruit de la pompe qui se mettait en marche. Maintenant, les bateaux ne devaient plus être qu'à quatre heures de nous. Ah, dormir quatre heures et se réveiller à l'arrivée des secours ! J'étais sur le point de m'assoupir quand Mark hurla :

– Je reste pas ici tout seul ! Quelqu'un a intérêt à se manier le train pour venir sur le pont ou j'envoie balader la barre. Je vais te l'envoyer chier, c'te putain de barre !

Oh, et puis zut ! C'est pas mes oignons, pensai-je.

5

– Allez, viens ! On file !

Une voix crie, me sort d'un profond sommeil. Déjà l'heure de reprendre le quart ? Pourtant, j'ai l'impression d'avoir à peine fermé les yeux.

– Allez, on file ! Tout de suite !

C'est Brad. Il m'attrape par le bras et me tire de ma couchette. Mes pieds touchent le sol : j'ai de l'eau presque au genou.

– Allez, viens ! crie Brad en me propulsant vers la cuisine.

Mais que se passe-t-il ? Pourquoi me pousse-t-il de la sorte ? Soudain je comprends : les gardes-côtes ont dû arriver, ou l'un des navires marchands. Titubant vers le carré, j'entends un drôle de clapotis, comme si le navire était juste à côté de nous. Et puis je vois de l'eau qui se déverse dans le carré par les hublots. Mon Dieu, le bateau nous a heurtés ? Ils ont cassé les hublots ? J'aperçois Mark, toussant, les yeux exorbités, qui avance dans l'eau dont le niveau ne cesse de monter. Meg arrive, en état de choc, pétrifiée par l'horreur du spectacle. Elle ouvre la bouche pour hurler mais il n'en sort pas un son.

– Meg, Meg, grouille-toi ! s'époumone Brad.

John, qui la suit, la propulse vers les marches après un bref coup d'œil sur le carré inondé. Puis, il se jette sur la radio tandis que Brad me pousse à mon tour.

– SOS… SOS… nous coulons ! Ça y est, c'est fait ! crie John.

Pourquoi s'embêter à lancer des appels à la radio alors que les secours sont là ? Il n'y a pas de temps à perdre, on a de l'eau presque jusqu'aux épaules.

Je grimpe les marches à quatre pattes, derrière Brad, tâchant de garder l'équilibre quand le bateau est projeté dans le creux d'une vague. On arrive sur le pont. Mais où est le navire ? Où sont les secours ? Il n'y a rien ni personne. Rien que les vagues monstrueuses, le vent aussi bruyant qu'un train de marchandises et le ciel menaçant. Pas de gardes-côtes pour nous secourir ! Personne à tribord, personne à bâbord.

Le pont s'enfonçait sous mes pieds, l'eau se déversait de toute part et il n'y avait rien ni personne ! Je sentis ma tête se vider d'un coup, mes jambes flageoler. La terrible vérité me donnait le vertige : le *Trashman* coulait et nous étions seuls !

Et puis tout prit l'allure d'un effrayant cauchemar, images au ralenti. Je vis Mark plonger vers le compartiment arrière du bateau où se trouvait le canot de survie plein de matériel et de provisions d'urgence, logé dans un caisson en fibre de verre de la taille d'une valise géante. Je vis Brad debout sur le rouf, luttant contre les vagues qui se brisaient sur lui, essayant à grand-peine de dénouer les cordes arrimant le Zodiac au pont. Je vis se bander les muscles de ses bras tandis qu'il bataillait contre les nœuds durs comme fer qui se resserraient encore sous la traction du bateau qui sombrait. Le Zodiac se libéra de ses entraves avec un claquement. Brad s'élança à sa poursuite à la nage et se jeta dessus au moment où le canot s'immobilisait en arrivant du côté de la vague qui se trouvait sous le vent.

Une tour d'eau noire qui dominait le pont vint s'écraser sur Meg et moi, nous précipitant dans les haubans du grand mât. Quand j'émergeai des flots, j'entendis Meg hurler avant que la vague suivante nous projette à nouveau vers l'arrière.

Profitant du moment d'accalmie entre deux vagues, je

réussis à m'éloigner du bateau à la nage. Pédalant dans l'eau pour surnager et rester au-dessus des vagues, je vis Mark qui tenait le caisson du canot de sauvetage à bras-le-corps et Meg à nouveau précipitée dans les haubans par une autre vague. Elle poussa un cri. Quand le reflux la jeta de l'autre côté du pont, je m'aperçus qu'elle avait les bras en sang. Son pantalon de survêtement flottait, vide.

– Meg ! lui criai-je. Éloigne-toi du bateau à la nage !

– Je peux pas !

– Nage ! Attends une vague et profites-en pour t'éloigner !

De nouveau, elle fut jetée dans les haubans. Elle ne savait pas s'y prendre, ne connaissant pas assez bien les vagues pour choisir le moment de s'élancer à la nage. Je retournai vers le *Trashman* pour essayer de l'aider mais, dès que j'arrivai près d'elle, elle se jeta sur moi. Je hurlai, tâchant d'enlever ses mains agrippées à mes épaules.

– Meg ! tu vas nous noyer !

Je réussis à la dégager des haubans et on se retrouva toutes les deux à l'eau, libérées du bateau. Voyant Brad accroché au Zodiac, je nageai vers le canot avec la dernière énergie.

Le canot pneumatique flottait à l'envers. Je m'accrochai au côté qui gîtait, bientôt rejointe par Meg, puis John qui arriva à côté de Brad. Tous les quatre agrippés à la main courante, on contempla, abasourdis, le spectacle du *Trashman* qui sombrait tandis que Mark, resté à l'arrière, continuait de se battre avec le caisson du canot de sauvetage qui risquait de le faire couler avec le bateau.

Et puis, tout d'un coup, le caisson explosa et le canot se gonfla automatiquement. Le vent s'en emparant, Mark s'accrocha, traîné dans l'eau comme un skieur nautique qui est tombé sans lâcher la corde à temps. Je retenais mon souffle en le regardant lutter pour ne pas perdre le canot. S'il y arrive, pensai-je, on ne le reverra plus, il ne viendra pas nous chercher. Mais une formidable rafale de vent lui arracha le canot des mains. Catapulté à travers les haubans, l'esquif frisa la crête d'une vague et disparut. Mark nagea énergiquement vers le Zodiac.

– J'ai pas pu le retenir, cracha-t-il en venant s'accrocher au Zodiac à côté de Brad. J'ai pas pu !

Brad plongea en canard sous le Zodiac. Je l'appelai mais il ne répondit pas. Je criai une seconde fois : rien. Je t'en prie, Brad, je ne peux pas te perdre, pensai-je. Je ne peux pas rester ici sans toi.

– Brad !

Toujours pas de réponse.

– Bra-ad !

– Je suis là, répondit-il finalement. Pas de problèmes.

– Reviens de ce côté-ci ! criai-je.

Je ne voulais pas le perdre de vue.

– Non, je reste où je suis.

On avait dérivé d'une quinzaine de mètres par rapport au *Trashman*. Il était couché si bas que les mâts effleuraient presque l'eau. Le pont était à demi submergé. Une vague le poussa au vent, une autre se fracassa contre la coque et, contre toute attente, le bateau se releva. Les mâts se redressèrent d'un coup, en une dernière tentative de survie, aurait-on dit.

– On va tous crever, putain de merde ! On va tous crever, putain ! hurla Mark.

– C'est la fin, c'est la fin, répétait John comme s'il était en transe.

On plongea au creux d'une lame, on grimpa au sommet de la suivante : on ne voyait plus que le haut des deux mâts du *Trashman* qui s'enfonçaient dans la mer. Bientôt, il ne resta plus que la pointe supérieure du grand mât. Je la vis disparaître avec horreur. Il n'avait pas fallu plus de deux minutes pour que le bateau coule ! Et maintenant, il n'y avait plus que l'océan en furie.

– On va tous crever, putain ! continuait de gueuler Mark.

– La ferme, Mark ! criai-je à mon tour. La ferme !

Se cramponner. Rien d'autre à faire. S'accrocher au canot pneumatique qui suivait les contorsions insensées de la mer. Chaque vague menaçait de me faire lâcher prise. La paume des mains me cuisait. Mon Dieu, j'ai les mains en feu ! Je ne peux plus me tenir au canot, je ne peux plus ! On glissa dans un creux, moment d'accalmie temporaire. Suis-je bien là ? Le suis-je vraiment ? me demandai-je, incrédule. Je me sentais si petite, si impuissante, exposée à tous les dangers. Tout était arrivé tellement vite. Brad m'avait tirée de ma couchette, et ensuite ? Le canot de sauvetage avait-il vraiment été emporté par le vent ? Avais-je réellement assisté au naufrage du *Trashman*, englouti par les eaux ?

J'entendais toujours les vociférations de Mark, mais sa voix me semblait lointaine et amortie, comme s'il avait la tête sous l'eau et que les mots remontent à la surface, telles des bulles. Derrière le rugissement incessant du vent, je distinguais les rafales de mon cœur dans ma poitrine. Je pressai le front contre le Zodiac qui escaladait une autre montagne liquide et mouvante. Je sentis l'odeur du caoutchouc, le goût du sel sur mes lèvres. J'eus soudain une conscience aiguë de la chaleur de l'eau. La mer était-elle normalement aussi chaude ? Ou bien était-ce l'une des sensations de la mort ?

Je relevai les yeux. Je voyais toujours Mark, John et Meg, mais ils semblaient flous et indistincts, comme si je les regardais à travers une vitre embuée. Une autre lame colossale nous projeta vers le ciel : l'eau déferla sur mon visage, j'en avais plein la bouche et le nez. Le sel me piquait la gorge. Je ne pouvais plus respirer. Ça y est, pensai-je, c'est la fin. J'étais impuissante, inerte, invisible, entraînée dans le vol fou d'un gigantesque oiseau préhistorique aux ailes battant furieusement. J'étais morte. Non, j'étais vivante, mais en plein océan, sans autre refuge qu'un canot pneumatique de moins de quatre mètres de long. Une simple poche d'air – mon Dieu !

Une autre vague éclata sur le canot, je luttai pour ne pas le lâcher. Je vis les autres qui se débattaient eux aussi dans les turbulences. Quand on retomba dans le creux d'accalmie entre deux vagues, je recommençai à appeler Brad.

– Brad, dis quelque chose ! hurlai-je.

– Quoi ?

Déplaçant une main après l'autre, je fis le tour du canot pour me retrouver du même côté que lui.

– Qu'est-ce qui est arrivé ? demandai-je.

– Le bateau est tombé, répondit-il sans me regarder. Du haut d'une vague, je l'ai vu. Il est tombé, il a atterri sur le côté et l'eau s'est engouffrée par les hublots. Je l'ai vu.

Je sentis s'enfler la vague suivante et le Zodiac reprit son ascension. Puis il y eut une explosion liquide qui m'arracha le canot des mains et me culbuta violemment en arrière. Refaisant enfin surface, je repérai le Zodiac immobile au pied de l'énorme vague suivante et m'élançai en nageant de toutes mes forces. Je n'étais plus très loin du canot quand il fut de nouveau soulevé et jeté à plus de six mètres de là. Je ne voyais plus les autres. En criant pour appeler Brad, j'avalai de l'eau salée. Je nageai de plus belle, luttant contre la panique, toussant, priant. Je sentais les muscles de mes bras et de mes cuisses gagnés par des crampes. Me jetant désespérément vers le canot, je parvins à attraper la main courante du bout des doigts. Une autre vague voulut alors m'emporter, mais je saisis la corde à pleine main et le Zodiac m'entraîna dans sa course folle. Je hurlai de nouveau pour appeler Brad, Meg, John et Mark.

J'entendis Meg qui m'appelait, elle aussi. Elle nageait vers le canot. Puis arrivèrent John, Mark et Brad qui s'accrochèrent au Zodiac. Nous étions au complet !

– Retournons-le ! dit Mark, criant pour se faire entendre. Il faut qu'on monte dedans.

Pendant que Brad et moi soulevions le canot du côté au vent pour que, justement, la force du vent le retourne, les trois autres tenaient la main courante. Le canot retomba dans le bon sens avec une claque sonore. On aida Meg à y monter. On aurait dit que ses jambes avaient été tailladées par un tigre aux griffes aussi acérées que des rasoirs. Brad, choqué, échangea un regard avec moi. « Les haubans », lui dis-je à l'oreille. Meg installée, chacun se débrouilla pour grimper à bord. Il faisait bien plus froid à l'air que dans l'eau et je fus prise de violents tremblements.

La vague nous porta jusqu'à sa crête mais renversa aussitôt le Zodiac. Je fus de nouveau culbutée, coincée sous l'eau, suffoquant. J'allais émerger quand ma tête cogna le fond du canot. Tentant une nouvelle fois de faire surface, je heurtai encore le Zodiac. J'étais prisonnière ! Les poumons sur le point d'éclater, je martelai désespérément le caoutchouc. Et puis la vague suivante s'enfla sous moi, me porta et me jeta en avant. J'émergeai à l'air libre.

J'entendis Meg crier mon nom et, me retournant, j'aperçus le canot. Le rejoignant à la nage, je saisis la main courante, je fermai les yeux et me mis à prier comme jamais de ma vie. De la crête des vagues fouettée par le vent, on tombait dans l'abri du canyon qui s'ouvrait entre deux géantes. Puis une lame m'arracha au canot, et il fallut encore nager. Nager avec la force du désespoir, nager et prier jusqu'à ce que je retrouve le contact du caoutchouc gonflé et que ma main se referme sur la corde salvatrice.

Les minutes s'écoulaient. Cinq minutes, trois quarts d'heure, que sais-je ?... Je fus saisie de tremblements incontrôlables. Je voulais que ça cesse, que tout cesse. Je sentais la chaleur se retirer de mon corps, la force s'échapper de mes jambes.

– Putain, que je caille ! fit Mark entre deux claquements de dents, pendant l'accalmie entre deux vagues.

– Moi aussi, murmura Meg.

– Il faut trouver moyen de se réchauffer, on peut pas rester comme ça, dis-je.

– On est mieux dans l'eau, remarqua Brad.

– Ouais, ça caille à mort à l'air, ajouta Mark. Faut rester dans la flotte.

– De toute façon, le canot ne peut pas se maintenir dans le bon sens, fit Brad tandis qu'une autre vague nous soulevait vers le tumulte de la crête.

Mais quand le Zodiac retomba dans un creux, John nous suggéra :

– Redressons le canot, je veux remonter dedans.

– Il fait trop froid, John, objecta Brad, et on peut pas le maintenir à flot.

– Mais moi, je veux remonter dedans, insista John.

Quand j'avais quinze ans, ma mère m'avait envoyée dans un pensionnat de jeunes filles du Colorado où l'on nous apprenait les techniques de survie. Pourquoi n'avais-je pas fait plus attention? Zut alors, qu'est-ce qu'ils avaient raconté à propos de l'hypothermie? Une chose était sûre, en tout cas : le vent était actuellement notre pire ennemi. Il nous volait le peu de chaleur qui nous restait dans le corps. Il fallait trouver moyen de s'abriter du vent.

– On pourrait peut-être s'abriter sous le canot, lançai-je, pensant à haute voix.

– Tu veux dire, rester là-dessous ?

– Peut-être.

– On serait à l'abri du vent, acquiesça Brad.

– Là-dessous ? s'inquiéta Meg.

– Il faut bien tenter quelque chose, répondis-je tandis que la vague suivante nous soulevait pour nous offrir à la morsure du vent.

Quand il redevint possible de parler, Brad déclara qu'on ferait bien d'essayer de se mettre sous le bateau. Tout le monde en fut d'accord. Brad plongea et revint en disant: « Je crois que ça peut marcher, venez ! »

On plongea tous, refaisant surface sous le Zodiac retourné. M'accrochant à la main courante, je pédalai sur place pour rester hors de l'eau. La drôle de lueur orangée qui filtrait à travers le caoutchouc nous faisait des masques fantomatiques. Je distinguais juste la structure du canot avec son plancher de lattes d'aluminium, le taud en caoutchouc noir qui couvrait l'avant pour protéger des embruns, le fil métallique servant de fixation de sécurité au moteur. L'eau clapotait contre le canot, un clapotis étonnamment discret, comme celui qui naîtrait dans le sillage d'un hors-bord. Il régnait une trompeuse tranquillité, là-dessous, comme dans l'œil du cyclone.

– Qu'est-ce que t'en penses ? demandai-je à Brad.

– Au moins, on est à l'abri du vent.

– Eh ! où est passée Meg ? fit Mark.

– Elle est ressortie. Elle fait sûrement de la claustrophobie, expliqua John.

– Il faut la faire rentrer, décida Brad.

Brad et John plongèrent pour ressortir du canot renversé, nous laissant seuls, Mark et moi. On échangea des regards assassins. Dieu me pardonne, mais que je le haïssais, ce type ! Je le haïssais pour sa faiblesse, pour avoir laissé filer le canot de sauvetage. Je le haïssais pour s'être trouvé sur le quai, à Annapolis, pour avoir fait irruption dans ma vie. A ce moment précis, j'aurais été capable de lui arracher les yeux avec mes ongles. Je détournai le regard. Brad et John revinrent – sans Meg.

– Debbie, essaie donc de la convaincre, toi, dit John. Elle ne veut pas revenir.

Je plongeai pour ressortir. Agrippée au canot, Meg claquait des dents, ses longs cheveux noirs plaqués sur le visage.

– Tu devrais revenir te mettre à l'abri, Meg. Ce serait mieux.

– Pas question.

– Mais tu aurais plus chaud et on serait tous ensemble. Il faut qu'on veille les uns sur les autres.

– Je peux vraiment pas respirer, là-dessous. Autant rester là, conclut-elle.

Rentrée sous le canot, j'annonçai aux autres que Meg ne

voulait pas venir.

– Elle dit qu'elle ne peut pas respirer là-dessous.

Silencieux tous les quatre, on suivait les ondulations de la mer. Les vagues claquaient contre le caoutchouc.

– Vous croyez que quelqu'un a entendu notre S.O.S.? demanda Brad.

– J'en doute, répondit John.

– Mais les gardes-côtes savaient qu'on avait des ennuis, reprit Brad. Ils comprendront que quelque chose a cloché quand ils verront qu'on a raté la liaison d'une heure et celle de deux heures, Vous ne croyez pas? Je veux dire, comme on avait prévu ces liaisons avec eux et...

– Je suis sûre qu'ils sont déjà en route, interrompis-je, encouragée à l'idée d'une belle vedette blanche des gardes-côtes fonçant à toute allure vers nous.

– Qu'est-ce que t'en penses, on est à une paire d'heures de Charleston, non? fit Brad.

– Oui, peut-être plutôt trois ou quatre par une mer pareille, répondit John.

– Alors, ça les ferait arriver ici vers... quoi? Vers les cinq heures? supputa Brad.

Je demandai l'heure à Mark, le seul à porter une montre.

– Qu'est-ce que ça peut bien changer? répliqua-t-il.

– J'aimerais savoir, c'est tout. Dis-le-moi donc.

– Non! C'est ma foutue montre perso, et je suis pas obligé de te dire quoi que ce soit!

– Pourquoi tu te crois toujours obligé d'être un pareil emmerdeur?

– Va te faire foutre, cracha Mark.

– Elle t'a simplement demandé l'heure, intercéda John.

– J'ai simplement pas envie de répondre à toutes les foutues questions qu'elle me pose, d'accord? Quelle heure est-il, quelle heure est-il? On n'en a rien à foutre de l'heure qu'il est!

– De toute façon, comme les gardes-côtes vont bientôt arriver, ça n'a pas trop d'importance, fit Brad.

– Ouais, une paire d'heures au plus, renchérit John, et ils seront là.

Je voulais y croire, je le voulais par-dessus tout. J'avais si peur, si froid, des crampes dans les jambes à force de pédaler dans l'eau pour surnager. Et je savais que, plus je dépensais d'énergie, et plus je perdais de chaleur. J'essayai de laisser pendre mes jambes et de surnager par la seule force de mes bras accrochés à la main courante. Mais mes bras se fatiguèrent vite et je dus recommencer à jouer des jambes.

– Vous croyez qu'ils vont avoir du mal à nous retrouver dans une mer pareille ? demanda Brad.

– Non, répondit John. Ils sont drôlement entraînés. Ça leur est arrivé des millions de fois de sortir par un temps de merde.

– Et puis ils savent exactement où on est.

– Ouais.

– Donc, il suffit d'attendre, conclut Brad.

– Seigneur, on se les gèle, reprit Mark.

– Tu parles, Carl ! répondit Brad.

Accrochée au canot, je me concentrais sur ma respiration mais plus je m'y efforçais, et plus j'avais l'impression de manquer d'air.

– Je crois qu'on n'a plus assez d'oxygène, là-dedans, remarquai-je. Vous sentez pas ?

– Si, acquiesça Brad.

– Il faut laisser rentrer un peu d'air, ajoutai-je.

Je soulevai le canot par le bord au vent mais le Zodiac s'envola presque instantanément pour aller amerrir à dix mètres de là. Je m'élançai en nageant aussi vite que je le pus pour le rattraper avant qu'une autre vague ne le jette plus loin. Et, l'un après l'autre, tout le monde rejoignit le canot.

– Bande d'enfoirés ! hurla Mark. Il fallait pas le soulever au vent !

– Faut le soulever par le bord sous le vent, fit Brad.

– Et prévenez donc avant de faire quelque chose, bon Dieu ! articula John entre ses claquements de dents.

Tout le monde, y compris Meg, replongea pour s'abriter sous le canot. Grelottant et remuant les jambes pour surnager, j'essayai de me souvenir : au bout de combien de temps souffre-t-on d'hypothermie ? On croit aller bien et puis on commence à perdre les pédales sans même s'en rendre compte, me rappelai-je. Je savais aussi qu'on peut mourir si la température du corps s'abaisse trop, même dans de l'eau aussi chaude que celle-ci. J'avais déjà si froid... Si nous ne trouvions pas moyen de conserver un peu de chaleur dans nos corps, les gardes-côtes risquaient fort de ne retrouver que des cadavres.

– Il faut qu'on se débrouille pour se réchauffer, déclarai-je.

– T'as une idée ? répliqua Mark.

– On n'a vraiment pas grand-chose à notre disposition, constata Brad.

– Le seul moyen d'avoir un peu chaud, ce serait de se rapprocher au maximum pour entasser nos corps tous ensemble. Sinon, on va crever de froid.

Tout le monde redevint silencieux. J'essayai de réfléchir à un moyen.

– Bon Dieu, qu'est-ce que c'est ? s'écria Brad. Quelqu'un a chié là-dessous ? Qui c'est qui a chié, hein ?

Personne ne pipa mot.

– Là, je peux pas supporter ça, protesta Brad. C'est vraiment dégueulasse, les mecs. Qui a fait ça ?

– Comment voulais-tu que je fasse ? confessa Meg.

– C'est toi ?

– J'y peux rien.

– Bon Dieu, c'est tellement dégueulasse. C'est pas vrai, un truc pareil ! s'acharnait Brad.

Meg fondit en larmes et plongea pour ressortir du canot.

– T'avais pas besoin de l'engueuler de cette façon-là, remarqua John.

– Là, je peux pas supporter, ça me dépasse.

– Elle est déjà assez embêtée comme ça, va ! reprit John.

– Y a qu'à pas chier là-dessous ! Si quelqu'un a vraiment besoin, qu'il sorte pour le faire, décréta Brad.

Tout le monde se taisait. Je me sentais gênée pour Meg. Mais ma principale préoccupation restait le froid – j'étais gelée – et comment survivre pendant les prochaines heures. Je revins à la charge :

– Il faut qu'on continue à réfléchir à un moyen de se réchauffer. C'est la seule chose qui compte en ce moment.

Puis, au bout de quelques secondes, il me vint une idée :

– Et si on essayait de se suspendre ?

– Comment ça ? demanda John.

– Il y a bien un fil de fer, là, fit Brad, comprenant ce que j'avais en tête.

– Si on arrivait à le tendre en travers du canot en l'accrochant de l'autre côté, on pourrait y poser les jambes, John et moi. On se tiendrait à la main courante comme ça, fit Brad, saisissant le cordage d'une main, et on appuierait nos têtes là-derrière. (Il s'étendit et posa la tête sur le taud en caoutchouc tendu entre les deux boudins formant l'avant du Zodiac.)

– Et on pourrait s'étendre sur vous, poursuivis-je. Comme ça, on serait tous hors de l'eau.

– Ouais, confirma Brad.

– Et nos corps se tiendraient chaud.

– Essayons, suggéra John.

John et Brad tendirent le fil de fer entre les deux bords arrière du canot et attachèrent le bout libre à la main courante. Puis ils se couchèrent dans la position suggérée par Brad. Ils réussirent à se hisser hors de l'eau, chacun glissant le bras sous le dos de l'autre pour attraper la main courante du côté opposé au sien. Ils n'avaient plus que le dos et le derrière des jambes mouillés.

– Essaie de te tortiller pour te coucher sur nous, Deb, suggéra Brad.

Me hissant à bout de bras, je m'étendis sur eux. Il y avait

assez de hauteur entre leurs corps et le fond du canot, et j'étais hors de l'eau.

– Ça marche, déclarai-je. Et il reste de la place pour les autres.

– Mark, essaie de voir si tu peux t'allonger sur moi, proposa John.

Mark se hissa sur le sandwich humain que nous formions. Déjà, je sentais revenir la chaleur. Et c'était mon premier instant de répit depuis le naufrage. On cria à Meg de venir nous rejoindre. John insista, lui annonçant qu'on avait découvert un moyen de se tenir chaud.

Elle finit par venir nous retrouver.

– Monte par-dessus, fit John. Tu te réchaufferas.

– Je ne peux pas, répondit-elle. Tu sais très bien que je ne peux pas.

– Mais au moins, essaie, répéta John calmement.

Meg hissa le torse hors de l'eau et s'étendit sur Mark et moi, en travers. Elle avait toujours les jambes à l'eau.

– Je ne peux pas, fit-elle, se laissant glisser dans l'eau.

Était-ce la douleur due à ses profondes coupures ou à son dos blessé, ou bien l'angoisse de devoir se serrer dans un espace restreint, mais on se rendait compte à sa voix qu'il serait inutile de vouloir la persuader de rester. Elle plongea sous le canot pour ressortir.

Notre système marcha bien jusqu'à ce que l'air devînt irrespirable : il fallait refaire provision d'oxygène. On se remit à l'eau, on souleva le canot pour aérer, on referma et chacun reprit sa position initiale. Il fallait recommencer la manœuvre toutes les vingt minutes environ pour que l'air reste frais. Mais Brad et John avouèrent au bout d'un moment qu'ils étaient trop fatigués pour continuer à nous porter, Mark et moi. J'essayai de prendre mon tour en bas de la pile de corps, mais je n'étais pas assez grande. Pour me maintenir hors de l'eau, il fallait que j'agrippe le fil de fer avec les doigts de pied et, sous le poids des corps entassés sur moi, le fil mordait rapidement la chair. Si bien que je ne fis pas long feu.

Chaque fois qu'on soulevait le canot, il y avait un peu moins de lumière dans le ciel. L'obscurité fut bientôt totale.

La peur et la solitude s'intensifièrent avec la tombée de la nuit. Il serait pratiquement impossible de nous retrouver dans le noir, et nous le savions.

Au lieu de me polariser sur l'idée de survivre dans les minutes suivantes, il fallait que je pense à vivre assez longtemps pour voir le soleil se lever, demain. Car seule l'aurore apporterait l'espoir qu'un bateau nous repère. Peut-être renverraient-ils un avion, peut-être même celui qui était déjà passé – quand, au fait ? Ce matin ? Hier ? Je ne savais plus. Une seule certitude : j'étais coincée dans cet enfer noir et glacé, sans espoir d'en réchapper avant l'aube. Pourvu qu'on tienne le coup, qu'on réussisse à ne pas devenir fous, que Mark reste tranquille, que Meg nous écoute et revienne à l'abri...

Pauvre Meg ! Brad, John, Mark et moi, nous savions ce qu'est un océan furieux, ce qu'il est capable de faire. Et nous avions choisi de naviguer. Mais Meg n'avait pas la moindre idée de tout cela. Le bateau, pour elle, ça voulait dire des soirées à bord des yachts à quai, un moyen de se dorer la pilule et de s'amuser un peu. Jamais elle n'aurait dû venir avec nous et John le savait fichtrement bien ! Ça s'entendait au ton de sa voix quand il lui parlait : il se sentait coupable. Un sentiment qu'il devait assumer, en plus de l'échec personnel que représentait notre situation actuelle. Plus jamais il ne retrouverait de travail sur un bateau : qui confierait la barre de son voilier à un skipper qui avait fait naufrage ?

Meg cria quelque chose, une histoire de bateau. On plongea tous pour sortir du Zodiac. Quand je refis surface dans le noir, elle s'écria :

– Regardez là-bas, là-bas ! Il y a une lumière !

Du sommet de la vague suivante, on aperçut en effet une

lumière blanche qui, elle aussi, montait et descendait à la surface de l'eau.

– Vous croyez que ce sont les gardes-côtes ? demanda Brad.

– On dirait un projecteur, dis-je, m'efforçant de ne pas le perdre de vue tandis que nous retombions au creux de la vague.

– Où elle est passée, la lumière ? s'inquiéta Meg.

– Là, répondit John. Je la vois, là-bas.

– Oui, c'est vrai ! m'écriai-je.

Était-ce les gardes-côtes ? L'*Exxon Huntington* ou le *Gypsum King?* Ou bien encore un bateau de pêche attendant la fin de la tempête ? Peu importe : c'était un bateau.

– Ils nous cherchent ! s'exclama Brad.

– Eh ben, ils risquent pas de nous voir ! aboya Mark.

– Mais si, ils nous verront, objecta Meg d'une voix faible.

Et l'on glissa à nouveau dans un noir canyon.

– Putain ! pesta John.

– Attends un peu, fit Brad.

Quand on remonta avec la vague suivante, la lumière était toujours là. Les autres l'accueillirent avec des hourras, mais mon euphorie temporaire était déjà retombée. La réalité de la situation ne s'imposait que trop clairement. Si c'était bien les gardes-côtes, ils menaient sûrement les recherches en suivant une grille de repérage. Or, dans le noir, ils pouvaient très bien passer juste à côté de nous sans nous voir, et même nous passer dessus. Et quand ils auraient dépassé le secteur, ils l'élimineraient de leur zone de recherches.

On regardait en silence la lumière apparaître et disparaître au gré des vagues. Elle se fit de plus en plus ténue et finit par s'évanouir, emportant notre joie si brève. La nuit n'en parut que plus noire, l'air plus froid, la mer plus méchante. On fut quatre à retourner sous le canot, Meg restant à l'extérieur.

– Refaisons la pyramide, proposai-je.

– Merde à la pyramide ! lança John d'une voix de vaincu.

– Il faut bien, John, c'est le seul moyen de conserver un peu de chaleur, objectai-je.

– Conserver de la chaleur ? Y a quelqu'un qui a chaud, ici ? Moi, je me gèle mon putain de cul, protesta Mark.

– Faut pourtant bien le faire, repris-je. Brad, dis à John qu'il le faut.

– Fiche-lui la paix ! aboya Mark. S'il ne veut pas, il n'est pas obligé.

On reprit position, Brad, Mark et moi, mais il faisait moins chaud avec trois corps au lieu de quatre.

– Putain, qu'est-ce que je me les caille, gémit Mark.

– Tout le monde se les caille, répondis-je.

– Arrêtez d'en parler, fit Brad.

– De quoi tu veux que je parle ? répliqua Mark.

– Pourquoi ne pas simplement la fermer ? lançai-je.

Ce type-là m'écœurait tellement !

– Eh, arrête de me filer des coups de pied ! protesta Mark.

– Mais je t'en donne pas.

– Si !

– Mark, je ne te fais rien du tout.

Les minutes s'écoulèrent ainsi, devenant des heures. J'étais tellement épuisée que j'aurais voulu dormir, mais je craignais de ne plus me réveiller si je me laissais aller à m'assoupir. Il y avait de longs silences que quelqu'un rompait de temps à autre pour dire : « Ils vont nous retrouver » ou « ils sont très forts, les gardes-côtes », ou bien « encore une paire d'heures, au maximum », et ça me rassérénait. On parlait de ce qu'on ferait en rentrant chez nous. On refaisait indéfiniment le récit de ce qui s'était passé juste avant le naufrage du *Trashman*, selon le souvenir de chacun. Et puis on retombait dans le silence que seuls troublaient nos claquements de dents aussi bruyants que des marteaux-piqueurs, et le clapotis creux de l'eau contre le caoutchouc gonflé. Plusieurs fois, on fit et on redéfit la pyramide, parfois avec John, parfois sans lui. Mais j'avais de plus en plus de peine à me hisser hors de l'eau.

Quel mal j'avais à résister au chant des sirènes du sommeil qui m'appelait, promettant un répit ! Mais je ne pouvais m'offrir un tel luxe. Alors je m'accrochais. Tout le monde s'accrochait. John, sorti à un moment donné pour voir comment allait Meg, revint en se plaignant de douleurs.

– Je me sens comprimé, là, fit-il en appuyant les mains sur la poitrine.

– Monte un peu avec nous, proposa Mark, ça va te faire du bien.

Abandonnant ma position – couchée sur Brad – pour laisser la place à John, je décidai d'aller voir Meg.

Les premières lueurs d'une aurore grise rayaient le ciel. Le vent semblait avoir légèrement fléchi, mais les vagues restaient énormes et imprévisibles, déferlant de partout.

– Il va bientôt faire jour, dis-je à Meg.

– Et ça va changer quelque chose ?

– Bien sûr. Ils pourront nous repérer.

– Tu crois qu'ils vont venir ?

– Absolument.

La tête de Brad surgit soudain de l'eau :

– Je crois bien que John fait une crise cardiaque.

– Oh, mon Dieu ! s'écria Meg.

– C'est sans doute juste qu'il manque d'air, répliquai-je. Fais-le sortir, il a besoin d'air.

– Il a une maladie cardiaque, expliqua Meg. Oh, mon Dieu, il va mourir !

– Non, il ne va pas mourir, Meg. Il a juste besoin d'air.

– Viens donc lui parler, me dit Brad.

Je replongeai sous le canot, suivie de Meg et de Brad. Accroché d'une main à la main courante en synthétique, John avait le visage tordu de douleur.

– Où as-tu mal, John ? demandai-je.

– Retournons le canot, je veux remonter dedans, répondit-il lentement. Je peux plus pédaler dans l'eau, ça me fait bien trop mal.

– Mais, John…

– Écoute, il veut remonter dans le canot et c'est lui le skipper, alors exécution, fit Mark.

Meg pleurait :

– Faut faire quelque chose, il ne peut pas mourir.

– Il ne va pas mourir, Meg, la rassura Mark. Ça va aller, John. On va retourner le bateau, tu vas monter dedans et tu te sentiras bien mieux.

– Qu'est-ce que t'en penses, Brad ? Tu crois qu'on peut maintenir le canot à flot ? interrogeai-je.

Brad haussa les épaules.

– Ouais, allez venez, fit Mark. C'est ce que veut John.

– Mais la mer est toujours démontée, je ne sais pas si on y arrivera, objectai-je.

– On y arrivera, affirma Mark.

D'accord, on allait essayer, convint-on, Brad et moi. Tout le monde aida à retourner le Zodiac. Brad y étant grimpé le premier, on souleva John – Mark, Meg et moi – tandis que Brad le tirait depuis le canot. On parvint finalement à le hisser à bord. Ensuite, on aida Meg à monter, Mark et moi, pendant que Brad faisait contrepoids sur le canot. La vue de ses jambes nous fit grimacer : ses plaies ouvertes étaient toutes gonflées et enflammées.

Mark se hissa dans le canot, me laissant seule dans l'eau. J'hésitai à grimper, l'air étant tellement plus froid que l'eau. D'autant que, maintenant, j'avais l'impression de faire corps avec la mer. Je m'y sentais en sûreté, comme dans une sorte de liquide amniotique. Je laissai mes jambes se reposer, mes pensées vagabonder. Peut-être que le soleil percerait les nuages, ce matin. Qu'on sentirait sa chaleur sur notre peau ridée par l'eau… Que la mer se calmerait et que les gardes-côtes nous retrouveraient… Que je coucherais dans un lit douillet, ce soir… après une bonne douche bien chaude…

– Putain, on se les gèle, ici ! s'écria Mark. Retournons le canot !

Ses paroles furent noyées par le rugissement d'une gigantesque vague qui soulevait le canot. Je criai et Brad se précipita du côté au vent pour se mettre en rappel tandis que la lame déferlait sur nous. Je m'agrippai à la main courante et je la tenais toujours quand le canot émergea de la tourmente liquide. Le Zodiac était plein d'eau mais, chose extraordinaire, il flottait toujours. Brad avait su jouer de sa force et de son poids pour empêcher le canot de se retourner.

– Venez, retournons-le, reprit Mark. C'était mieux avant. On va crever de froid.

– Écoute, mon vieux, si tu préfères la flotte, surtout ne te prive pas ! répondit John. T'as un océan entier à ta seule disposition.

Mark sauta à l'eau et s'accrocha au canot juste en face de l'endroit où je me trouvais. Je m'apprêtais justement à monter à bord, tentant de m'armer contre le choc du froid qui m'attendait là-haut, je le savais.

– Arrête tes coups de pied, râla Mark.

– Mais, je ne t'ai pas touché !

– Tu recommences ! Arrête !

– Qu'est-ce que tu racontes ? Je ne te donne pas de coups de pied.

– Oh, arrête !

Je mis la tête à l'eau pour voir où se trouvaient ses pieds. Je ne pensais pas l'avoir heurté, mais je voulais m'en assurer car je ne tenais pas à l'exciter encore plus, redoutant ce qu'il risquait alors de faire.

Ouvrant les yeux, je sentis la brûlure du sel. J'attendis un instant d'y revoir clair et, là, je sentis mon estomac se nouer. La peur me glaça, froide et coupante comme une lame de sabre. Je n'en croyais pas mes yeux ! Ou plutôt, je refusais de les croire. Car maintenant, je savais ce qui cognait contre les jambes de Mark : des requins ! Ça grouillait de partout. Il y en avait des dizaines, non, des centaines, autant que je pus m'en rendre compte. Certains si proches que je distinguais la membrane qui recouvrait leurs yeux glauques et sans vie. D'autres n'étaient que des ombres anguleuses plongeant au ralenti vers les profondeurs marines.

– Des requins ! hurlai-je en me jetant dans le canot où j'atterris sur John, suivie une seconde plus tard de Mark qui tomba sur moi.

– Putain de bordel de Dieu ! hurla-t-il. Ça grouille de requins de tous les côtés !

6

Des ailerons fendaient l'eau tout autour de nous. Pour un requin qui plongeait, deux faisaient surface. Dire que je venais de passer près de dix-huit heures les jambes dans l'eau, sans parler des plaies ouvertes de Meg… Mais, si les requins rôdaient là depuis le début, pourquoi n'avaient-ils pas attaqué avant ? Qu'est-ce qui avait provoqué leur soudaine apparition en si grand nombre ? Qu'est-ce qui les attirait vers nous à présent ?

On les regardait décrire des cercles. Le Zodiac vibrait sous l'effet de leurs mouvements sinueux. Une vague nous souleva et le Zodiac gîta dangereusement avant qu'on arrive à le redresser. Il fallait absolument que le canot reste à flot, c'était une question de vie ou de mort. La pensée même qu'on risquait de chavirer était insoutenable.

– Il faut qu'on trouve un moyen de stabiliser le bateau, dis-je.

– Si on avait une sorte d'ancre… enchaîna Brad. (Mais qu'avions-nous, hormis nos cinq corps, nos vêtements et un canot à ciel ouvert ?)

– Et si on pouvait lever une des lames de plancher ? suggérai-je en examinant les trois plaques d'aluminium qui couvraient le fond du canot.

Il y avait aussi une petite planche de bois à l'avant qui

fermait un espace de rangement. Passant la main dedans, je réussis à faire sauter la planchette.

– Bien joué ! approuva Brad.

On discuta d'un plan, tous les deux. Si on passait le fil de fer dans le trou de la planche et qu'on la mette à la traîne dans l'eau, à l'arrière, on arriverait peut-être à stabiliser le bateau et à ne pas trop s'éloigner du secteur dans lequel les gardes-côtes s'attendaient à nous trouver. Brad attacha le fil à la planchette qu'il jeta par-dessus bord. Je guettai la vague suivante, curieuse de voir le résultat. Quand tout à coup, vlan ! Le canot fut violemment tiré en arrière, nous envoyant les quatre fers en l'air. On aperçut la nageoire dorsale d'un gros requin qui filait à vive allure, entraînant le Zodiac dans son sillage. Le squale s'était jeté sur la planche comme un petit poisson sur un appât. Je n'eus même pas le temps de crier que, déjà, le canot s'immobilisait tandis que la nageoire dorsale continuait sur sa lancée : le requin repartait après avoir recraché le bout de bois.

On se jeta sur le fil de fer tous en même temps, en proie à une telle panique qu'on faillit faire chavirer le canot. Mark attrapa le fil de fer et le remonta. Le gros requin refit surface à bâbord, tel un sous-marin ennemi émergeant des profondeurs bleu-noir. Il était plus long que le Zodiac !

– Fous le camp, putain de bestiole ! hurla Mark qui brandit la planche comme une masse et l'abattit de toutes ses forces sur le dos du requin.

– Arrête ! hurlâmes-nous de concert, Meg et moi.

– T'es dingue, non ? s'exclama Brad en lui arrachant la planche des mains.

– Espèce de crétin ! lançai-je.

– Laisse-le filer, fit John.

– Si on les laisse tranquilles, ils en feront peut-être autant avec nous, raisonna Meg. Comme les abeilles, vous savez ?

Oui, c'est ça, Meg, comme les abeilles, eus-je envie de lui répondre. Comparer des abeilles et des requins ! Bon Dieu, on perdait les pédales. Mon regard se posa tour à tour sur chaque visage : tous pâles, les lèvres bleues, les traits tirés. Et j'avais sûrement aussi triste mine qu'eux. Je fermai les yeux, tâchant d'oublier ces masques de mort, d'oublier les requins, de tout oublier.

Je connaissais des plaisanciers qui avaient dû être secourus en mer, mais jamais je n'aurais pensé me retrouver en pareille situation. Les catastrophes, ça n'arrive qu'aux autres, à ceux qui ne savent pas ce qu'ils font, à ceux qui n'ont pas de chance. Les bateaux sur lesquels j'avais embarqué m'avaient toujours donné le sentiment d'être sous une bonne étoile. J'avais toujours eu l'impression que je m'en tirerais quoi qu'il arrive, même si c'était tangent.

Mais pas avec ce bateau-ci. Je refis défiler le film des événements dans ma tête : j'avais eu des doutes dès le jour où nous avions quitté Southwest Harbor, John et moi. Pourquoi ne pas avoir écouté mon instinct ? Pourtant, les signes n'avaient pas manqué : l'arrivée de Meg, le moteur pas fiable et toutes les histoires avec Mark. A vrai dire, j'avais bien essayé de laisser tomber. Mon Dieu, si seulement j'avais tenu tête à Newberger ! J'aurais pu prendre mes petites affaires et m'en aller, tout simplement. Et voilà où nous en étions, jambes mêlées, vies mêlées dans un bateau pneumatique ballotté par les vagues, Brad et moi à l'avant, John et Meg à l'arrière, Mark au milieu.

– « Rub-a-dub-dub, cinq hommes dans une baignoire [1]», déclamai-je d'une voix forte.

– Qu'est-ce que tu racontes ? fit Brad en me regardant comme si j'avais perdu la tête.

Je trempai la main dans l'eau : elle était chaude. Ah, si je pouvais m'y replonger une minute et sentir cette douce chaleur ! Mais je me souvins des requins. Retirant vivement la main, je la reposai sur mes genoux.

1. Paraphrase d'une chanson enfantine bien connue qui évoque « trois hommes dans une baignoire ». *(NdT)*

– Brad, tu sais combien de temps ça met avant d'attaquer, un requin ? demandai-je.

– Pourquoi ?

– Je me disais que ce serait chouette de pouvoir retourner à l'eau, juste le temps de se réchauffer un peu. Disons, deux secondes.

– Tu blagues, non ! se récria Brad.

– Non, je parle sérieusement.

– Laisse-la faire, on aura plus de place, commenta Mark.

– Dis donc, ça va ? s'inquiéta Brad d'un ton qui me fit peur.

Après tout, peut-être que le froid avait déjà planté ses doigts crochus dans mon cerveau.

– Qu'est-ce que j'ai froid ! fit Meg en se recroquevillant, les bras autour de ses genoux.

Un oiseau gris planait au-dessus de nous, se laissant porter par les vents. Virant sur l'aile, il décrivit un cercle avant de piquer droit sur nous, se posant sur un des boudins du Zodiac, juste à côté de Meg. Tout le monde sursauta, effrayé.

– Bon Dieu ! s'exclama Mark.

Il y eut un long échange de regards entre l'oiseau et nous. Au fait, ça se mange, songeai-je, mais avant que j'aie pu penser à un moyen de l'attraper, l'oiseau inclina la tête, avança sur ses pattes palmées et bosselées, et se jeta sur Meg, lui becquetant le visage.

– Oh, mon Dieu ! cria Meg en se protégeant la tête de ses bras tandis que John chassait l'oiseau.

– Ça va ? lui demandai-je.

– Est-ce que ça saigne ? fit Meg, découvrant sa joue.

– Non, la rassura John.

– Putain de sale bête, grogna Mark. C'est pas vrai !

– Il s'est dit qu'on était bons à bouffer, commenta Brad.

Si on ne trouve pas un moyen de se réchauffer, alors là, *c'est sûr* qu'on sera bons à bouffer, pensai-je. Nous devons absolument nous couvrir pour conserver le peu de chaleur qui nous reste dans le corps. Et si on mettait de l'eau dans le canot, ça réchaufferait un peu, non ?

– Et avec quoi tu crois qu'on va la mettre dans le canot, ta flotte ? objecta Mark quand j'en fis la suggestion aux autres.

– Pourquoi pas avec les mains ?

– Ouais, c'est ça, rétorqua Mark d'un ton sarcastique.

– Ça vaut la peine d'essayer, tout de même. Tu crois pas, John ? fit Meg.

On essaya tous de taper sur l'eau pour la faire gicler dans le bateau, mais quelques minutes d'efforts frénétiques suffirent à démontrer la futilité d'une telle tentative. On avait tout juste réussi à attirer une douzaine de requins supplémentaires autour du Zodiac. L'un d'eux se frotta contre le canot et je sentis le caoutchouc vibrer au contact de sa peau rugueuse.

Brad eut une autre idée : on pourrait peut-être ouvrir la bonde pour laisser entrer de l'eau dans le canot.

– Je croyais que ça ne marchait que pour évacuer l'eau, m'étonnai-je.

– Je sais bien, mais il doit y avoir moyen de la maintenir ouverte quelques minutes, reprit Brad.

– Et si jamais on n'arrive plus à la refermer ? objecta Mark.

Brad ne répondit pas. Escaladant le tas de jambes, il s'attaqua à la bonde. Impossible de la dévisser. John essaya à son tour et Brad recommença après lui, devenant écarlate sous l'effort.

– Putain de saloperie ! s'écria-t-il en basculant en arrière. Cette saleté de truc s'est cassée net ! (Maintenant, on ne pouvait même plus ouvrir la bonde.)

– Et si on défaisait les plaques d'alu du plancher pour s'en faire un abri ? suggérai-je. Ça pourrait même nous servir à envoyer des signaux.

Nous savions tous comment est fait un bateau pneumatique : le bourrelet rempli d'air qui court le long de l'axe central du canot fait office de quille et sert sans doute aussi à maintenir le plancher en place. Présentement, l'extrémité du boudin située à l'avant du Zodiac était découverte, puisque nous avions enlevé la planche fermant le rangement.

– Ce qui veut dire qu'en dégonflant ce boudin, on devrait pouvoir libérer les plaques d'alu, raisonnai-je tout haut, les autres approuvant du chef.

Mais avec quoi percer le caoutchouc? On n'avait rien de coupant, à part nos dents. On se mit à mordiller le caoutchouc comme des chiens, Brad et moi, à tour de rôle. La matière était si dure et si tendue que j'avais un mal fou à l'attraper entre mes dents qui, de surcroît, claquaient sans relâche. Je m'aperçus cependant qu'en mordant très fort, j'arrivais à user le caoutchouc. A force d'efforts, on réussit à érafler le bourrelet et, finalement, à le percer. Mais le trou était si petit qu'il ne s'en échappait que très peu d'air. Il fallut se rendre à l'évidence : il n'y avait pas que le boudin central qui maintenait les plaques d'aluminium, elles étaient étroitement calées par les boudins latéraux du Zodiac. Et, tant que le bateau flotterait, elles ne bougeraient pas.

– Le canot de survie ! s'écria Mark en désignant un point, devant le Zodiac.

Je ne vis rien que les vagues et le ciel.

– Où ça ?

– Pagayez donc !

– Où ça ?

– Mais pagayez donc, répéta Mark.

– Ouais, je crois que je le vois, confirma John, s'asseyant à l'avant et se penchant de côté pour ramer comme un fou, d'un bras.

– Je vois rien, déclara Brad.

– Il est par là, fit Mark.

J'aurais tant voulu le croire. Je scrutai l'horizon brisé tandis que nous chevauchions les vagues. On rama une dizaine de minutes à la recherche du canot fantôme, mais en vain. Brad et moi ayant fini par renoncer, Mark et John continuèrent encore un petit moment, toujours persuadés qu'ils l'avaient bel et bien vu. Vidée par l'effort, je m'adossai contre l'avant du canot et je fondis en larmes. Tant d'énergie gaspillée pour rien ! Je me laissai submerger par le désespoir. Jamais on ne tiendrait jusqu'à l'arrivée des gardes-côtes ! Ils retrouveraient le canot demain ou après-demain, mais nous serions tous morts.

Fixant les eaux mouvantes, je vis quelque chose qui flottait près de l'avant du bateau et se rapprochait : c'était un tas de sargasses. C'est vrai, nous étions dans le Gulf Stream. Et il me vint tout d'un coup une idée pour nous réchauffer.

– Des algues ! m'exclamai-je. On va se couvrir d'algues !

Je me baissai pour en attraper une poignée quand apparurent deux nageoires dorsales qui fendaient l'eau, à une vingtaine de mètres de nous.

– C'est ça, pour se faire bouffer les bras en les ramassant ! ironisa John.

– Non, pas si quelqu'un éloigne les requins pendant que j'attrape les algues, rétorquai-je.

– Eh, je veux pas de cette merde gluante sur moi ! protesta Mark.

– Très bien, libre à toi de cailler à mort.

– Vous pourriez pas arrêter un peu, tous les deux, fit Meg. J'en peux plus !

Brad voulait bien m'aider. Il était prêt à repousser les requins pendant que je plongerais les mains dans l'eau pour récolter des algues. J'en attrapai un bon paquet que je remontai dans le canot, fière de moi et remplie d'un nouvel optimisme. Il y avait des chances pour que ça marche ! Pagayant un peu pour atteindre le banc d'algues suivant, je tendis les bras et j'en pris une belle quantité. Chaque brassée d'algues apportait son contingent de débris de toute sorte : des bouts de mousse et de plastique, et même un morceau de corde en synthétique. Restes d'activités humaines, décolorés et malmenés par la mer. D'où venaient ces vestiges, combien de temps avaient-ils dérivé sur les eaux ? Où étaient-ils, ceux qui avaient bu du café dans le gobelet en plastique cassé, ceux qui avaient assujetti le cordage autour d'un taquet ?

Je demandai de nouveau à Mark et à John de m'aider à remonter des algues. John se pencha sur le côté et en prit une brassée, mais Mark grogna :

– Démerde-toi donc, c'est ton imbécile d'idée !

– Tu ne tiens vraiment pas à t'en sortir, tu préfères rester les fesses vissées dans le canot à balancer des vacheries ? lui criai-je.

Meg grimaça.

– Voyons, Debbie, intercéda Brad, laisse-le s'il n'a pas envie de le faire.

Quand on eut amassé dans le bateau une grosse pile d'algues couleur moutarde, j'en étendis une bonne couche sur mes jambes et mon torse, tâchant de m'en couvrir aussi les bras. Épaisses et caoutchouteuses, les algues pouvaient faire un bon isolant. Meg, John et même Mark m'imitèrent. Mais Brad resta assis sur le bord du canot, apparemment tout à sa tâche de veiller à l'équilibre du bateau. Soudain, rejetant la tête en arrière, il hurla :

– Dieu, va te faire foutre ! Va te faire foutre, putain de salopard !

– Ouais, va te faire foutre, nique ta mère ! renchérit Mark.

Non, ne les écoute pas, ils ne savent pas ce qu'ils disent ! Tiens, moi qui n'avais eu qu'une croyance assez vague en un Dieu de catéchisme, je me surprenais à lui parler, et même à en attendre une réponse. Il fallait que je croie à une présence, là-haut, derrière le ciel vide. Me persuader qu'il devait y avoir une bonne raison à pareil cauchemar.

Et si c'était un test, une épreuve, histoire de nous secouer un peu, de nous réveiller ? Bon, eh bien, j'ai compris maintenant. Arrêtons les dégâts. Des bêtises, d'accord, j'en ai sûrement fait des tas, mais tout de même rien qui mérite la mort. J'ai pas envie de mourir. Tu peux pas me faire ça...

J'imaginais ma mère au téléphone, sa réaction quand elle apprendrait la nouvelle. Elle serait sans doute très choquée. D'autant que si je n'étais plus là, qui lui servirait de bouc émissaire pour tout ce qui ne tournait pas rond dans sa propre vie ? Ah non ! là, j'exagérais. Faut pas m'en vouloir, toi, là-haut. Écoute, si tu me tires de là, je t'assure que je ferai tout mon possible pour changer. Au fait, c'est peut-être pour ça que je suis là... J'ai peur de faire des promesses que je ne pourrai pas tenir mais, en tout cas, j'essaierai. Ah mais je suis si fatiguée, si fatiguée !...

Du sable dans la bouche. Je lève la tête, j'ouvre les yeux. Ciel barbouillé, mer floue. Vent glacé. A mes côtés, un corps de femme. Qui bouge. Mais c'est Tilly ! Tilly d'Annapolis !

– Tilly. Qu'est-ce...

J'ai une voix bizarre, assourdie. Est-ce que mes lèvres ont remué ?

– Comment t'es arrivée là ? demande-t-elle.

– Je sais pas.

– Moi, mon bateau a chaviré, je n'ai pas pu atteindre le canot de sauvetage. C'est la mer qui a dû me déposer ici. Et toi, pareil ?

– Je ne sais pas, dis-je. Où sont les autres ? Et Brad ?

– Il n'y a personne d'autre ici, Debbie.

– Il faut trouver des secours, ils doivent être encore en mer.

Au loin, des maisons sur pilotis, toit de bardeaux gris, barricadées avec des planches pour l'hiver. Une maison au sommet d'une colline, de la fumée qui s'échappe de la cheminée.

– On trouvera quelqu'un là-bas, dis-je en la désignant du doigt.

– Mais on peut pas grimper jusque-là, gémit Tilly qui fond en larmes. On peut pas grimper...

On est devant la maison. Me servant de mes mains comme de jumelles, je regarde à travers une grande porte vitrée. Une tasse de thé fumant sur une table. Des hortensias séchés dans un vase japonais.

– Allons, ouvrez-nous !

Je martèle le verre de mes poings. Une femme s'approche. Son visage se rembrunit, elle porte la main à sa bouche et elle hurle. Un long cri strident comme un sifflement de bouilloire.

On recule, Tilly et moi. Dans la vitre, le reflet de ce que la femme a vu. Des plaies ouvertes, sanguinolentes, suppurantes. Au visage, aux bras, aux jambes. Personne ne voudra nous approcher. Je m'entends pleurer…

– Debbie, Debbie ! Allons, réveille-toi !

C'était Brad qui me secouait. Le brouillard se leva et mes dents se mirent à claquer si violemment que j'en avais des crampes dans les mâchoires.

– Ça va ? reprit-il.

Sentant l'odeur d'algues fétides et d'eau croupissante au fond du canot, je me rappelai où j'étais. Pas de plage, pas de Tilly, pas de maison ni de tasse de thé fumant. Je sentis soudain une morsure au pied, puis à l'épaule et dans le pli de la jambe, au creux poplité.

– Merde ! Y a quelque chose qui est en train de me bouffer ! m'écriai-je. Des petits crabes, on dirait. Vous aussi ?

Prenant une poignée de sargasses pour l'examiner de plus près, je découvris, stupéfaite, la quantité de vie qui grouillait sur ce bout d'algue pourri. Il y avait là tout un petit monde, autonome et complet. De minuscules crabes, des crevettes et des moules miniatures, et sans doute des centaines d'autres bestioles invisibles à l'œil nu. Qui vivaient là, tranquilles, sans se soucier du froid, du vent, des vagues gonflées par la tempête. Leur seule vue m'égaya… jusqu'à ce que les crabes recommencent à pincer.

– Ah, merde ! m'écriai-je encore une fois.

Pouvaient-ils percer la peau ? Horrible vision de petits crabes s'insinuant dans la chair. J'en attrapai un que j'écrasai entre mes doigts. Puis un autre, et encore un autre.

Certains étaient trop rapides pour moi. Je croyais en tenir un, mais il s'échappait, s'enfonçait de nouveau dans les algues et recommençait à me grignoter.

J'en écrasai un et le portai à ma bouche, mais je dus le recracher aussitôt, écœurée. Je n'en étais tout de même pas encore réduite à ça ! Je regardai un crabe parcourir mon torse. Si je mourais, combien de temps leur faudrait-il pour enlever la chair des os ? Je hochai la tête : non, arrête de t'inventer des images morbides. Arrête ! Je vis un squelette aux os blanchis, parfaitement nettoyés.

– Arrête ! criai-je.

– Arrête quoi ? s'étonna John.

J'eus très peur : apparemment, je perdais le contrôle de mes pensées. Et si c'était le début de la fin ? Ou bien, peut-être que je deviens dingue. Ça doit être le froid. Je sentais mon esprit dégringoler, s'enfoncer de plus en plus dans une grotte noire et sans fond.

– Brad, j'ai la frousse ! Je crois que je débloque à cause du froid, je dois faire de l'hypothermie, lâchai-je en claquant désespérément des dents.

Brad s'assit à côté de moi, comme une masse.

– Ils ne vont plus tarder à arriver, ils savent où nous sommes. Ils enverront peut-être un autre avion pour nous repérer. Ce ne sera plus très long, va.

– Si seulement le soleil se montrait, fit John. On pourrait au moins en déduire dans quelle direction on dérive.

– Le vent soufflait du nord-est quand on a chaviré, dis-je, c'est bien ça ? Je crois qu'il a tourné.

– Ouais, mais le Gulf Stream ? reprit John. Il court du sud au nord.

– Ce qui veut dire qu'on ne doit pas avoir trop dérivé, raisonna Brad. On ne devrait pas être très loin de l'endroit où les gardes-côtes nous ont repérés.

– Mais pourquoi ils mettent si longtemps ? questionna Meg.

Comme elle n'avait pas ouvert la bouche depuis une éternité, je fus soulagée de voir qu'elle avait encore toute sa tête. Mais je regardai ses jambes : des plaies atroces, enflammées et suppurantes.

– Comment tu te sens, Meg ? demandai-je. Ça va ?

Mark changea justement de position et cogna les jambes de Meg qui poussa un cri de douleur.

– Hé, vieux, fais gaffe ! fit John à Mark. Tu l'as cognée.

– J'y peux rien, protesta Mark. Vous, vous avez tous de la place pour étendre vos guibolles. Et moi, que dalle !

– Fais juste un peu plus attention, la prochaine fois, suggéra Brad.

– Putain, moi j'ai que dalle, comme place, répéta Mark.

Et puis tout le monde redevint silencieux. Brad continuait à assurer l'équilibre du Zodiac en contrebalançant le mouvement des vagues. L'océan s'était légèrement calmé depuis la nuit passée, mais je ne me fiais pas à cette accalmie relative. On était sans cesse à la merci d'une vague plus monstrueuse que les autres. Je proposai à Brad de le relayer dans sa tâche, mais il préférait continuer. Visiblement, il en avait besoin pour fixer son attention et je sentais bien qu'il voulait se tenir à l'écart des petites mesquineries qui nous occupaient, nous autres assis au fond du canot. Le plus drôle, c'est qu'il n'avait même pas l'air d'avoir froid.

Je me souvins qu'il portait un caleçon long sous son jean pendant nos périodes de quart. Avait-il eu froid à ce moment-là ? Pourquoi n'avais-je pas mis de sous-vêtements chauds ? Qu'est-ce que je fichais là, avec mon petit short stupide ? Je regardai Meg : elle n'avait sur le dos qu'une chemise légère de John. J'eus honte d'avoir souhaité des vêtements plus chauds alors qu'elle était presque nue. Mais, au fait, pourquoi Brad n'avait-il pas pensé à lui proposer son caleçon long ? N'aurait-il pas dû ? Et si je lui en touchais deux mots ? Mais qui sait, ça pouvait dégénérer en engueulade générale : tout le monde voudrait le caleçon, alors que c'était Meg qui en avait le plus besoin. Sans compter qu'elle ne pourrait sans doute pas l'enfiler. Et puis Brad risquait d'être fou furieux contre moi...

– Regardez ! s'exclama John. Là-bas !

Jetant un œil par-dessus mon épaule, j'aperçus un bateau dans le lointain.

– Pagayez ! hurla Mark qui prit la planche et se mit à ramer énergiquement.

Tout le monde pagayait en criant : « Par ici, par ici ! » Quand Mark fut trop fatigué, je lui pris la planche que j'enfonçai dans l'eau de toutes mes forces. Mais, au bout de quelques minutes, on se rendit compte qu'on n'arriverait à rien. Le bateau diminuait à l'horizon, il s'éloignait de nous.

Le désespoir s'abattit sur moi, tel un lourd filet trempé.

– Il faudrait qu'un bateau passe juste à côté de nous pour nous voir, remarquai-je.

– Et encore, il faudrait vraiment qu'il soit là pour nous chercher, ajouta Brad.

– Mais personne n'a été foutu de leur dire qu'on était là, bordel ? fulmina Mark, rouge de rage. Y a-t-il même quelqu'un quelque part qui sait qu'on est là, nom de Dieu ? Vous allez voir : on va tous crever. Vous savez, on va tous...

– Ta gueule, Mark ! interrompis-je. (Je l'aurais volontiers frappé.) Si t'arrêtes pas de dire des imbécillités, on est sûr d'y rester.

– Ignore-le simplement, fit Brad en m'effleurant le bras. Ne fais pas attention à lui, ne lui parle pas, reprit-il comme si Mark n'était pas là.

Mark grommela – il lui fallait plus de place pour étendre ses jambes – et cogna Meg encore une fois.

Le crépuscule tomba. Je regardai la lumière s'évanouir, et l'espoir avec elle. Dire que là-bas à l'ouest, le soleil était encore haut dans le ciel, au-dessus d'une terre chaude et riche de parfums. Je fermai les yeux. Un match de foot sur un terrain d'herbe verte, des enfants sur des balançoires dans le bout de jardin derrière chez eux, des chiens qui aboient, des voitures qui se garent dans l'allée, devant les maisons. Il y avait de la vie là-bas, sur la Terre. Mais sur notre petite planète de caoutchouc régnaient le malheur, la puanteur et le froid glacial. Jamais je n'avais vu nuit si noire, ni éprouvé un tel désespoir.

– Ils ne nous verront plus maintenant, ni pour le reste de la nuit, affirmai-je.

– Quelle connerie de merde ! (Ah, ce bon vieux Mark !)

– Je sais pas si je peux tenir une nuit de plus, gémit John.

– Y a guère le choix, vieux frère, constata Brad d'une voix lasse.

Meg restait aussi muette et immobile qu'une statue. Je me demandais si, comme moi, les autres connaissaient des périodes de folie où la pensée décollait complètement du réel. Quelle marge restait-il avant de perdre complètement les pédales, de basculer pour de bon ? Il devait y avoir une trentaine d'heures que nous étions là, dont plus de la moitié passée dans l'eau. La mer faisait sans doute une quinzaine de degrés de plus que l'air, qui devait faire entre six et huit degrés. Combien de temps peut-on survivre à de telles températures ? Je l'ignorais. Mais si ça fraîchissait, on ne tiendrait pas jusqu'au matin.

– Encore heureux qu'on se trouve dans le Gulf Stream, relevai-je, histoire d'entendre ma propre voix, pour m'assurer que j'étais encore capable de parler raisonnablement. Sinon, on n'aurait pas trouvé d'algues et on aurait encore salement plus froid !

Personne ne réagit. Tous frissonnaient, le regard fixe. Nos claquements de dents résonnaient dans la nuit sans lune. L'odeur d'algues pourries, d'urine et de pus était insupportable. On s'était pourtant mis d'accord pour se soulager par-dessus bord, pour ne pas infecter les plaies de Meg, avions-nous décrété. Bien que je l'aie fait au début, je n'avais pas tardé à relâcher la discipline – non sans honte –, quand je m'étais rendu compte à quel point cela réchauffait d'uriner sur place. C'était un vrai dilemme : tout en me disant qu'il fallait y renoncer pour protéger Meg, j'estimais cependant avoir le droit de profiter de mes propres fluides. J'espérais que ça ne nuirait pas trop à Meg, sachant aussi qu'elle-même ne devait pas se priver d'uriner dans le bateau. Alors, un peu plus, un peu moins...

Je l'observai un moment : avait-elle les yeux clos ou ouverts ? Je crus même un instant qu'elle était morte. Mais elle gémit et changea de position. Je pensai au principe de la survie du plus fort : s'il était vrai, Meg n'avait guère de chances de s'en tirer.

En descendant à Annapolis, John, Meg et moi, nous avions croisé de nuit, au large de Long Island, et John avait désigné un point sur l'île : Montauk. La ville natale de Meg, avait-il expliqué. Un jour, nous irions y faire une sacrée fête. Je m'en voulais de ne pas en savoir plus sur elle. Elle avait un jour mentionné un ex-mari, une maison en Floride. Mais en dehors de cela, que savais-je de cette femme qui souffrait tant, à quelques pas de moi, sinon qu'elle aimait boire son chardonnay bien frappé ? Le regard sur elle, je m'interrogeais : à quoi pensait-elle, scrutait-elle l'horizon à la recherche des lumières blanches et floues de Montauk Point ?

Une énorme vague déferla sur le canot qui se remplit d'eau. Je me mis aussitôt à écoper avec les mains. Notre vigilance s'était relâchée, on avait oublié qu'on risquait de se faire renverser à tout moment. Il fallait faire plus attention. A vrai dire, c'était plutôt agréable, cette eau dans le bateau, mais son poids abaissait trop la ligne de flottaison du Zodiac. Une autre grosse vague, et nous serions vite submergés. Un peu d'eau, et le canot devenait plus confortable. Mais trop d'eau, et c'était mortel.

– Hé, regardez par là, je crois bien que j'aperçois une lumière ! s'écria Meg, pointant le doigt vers l'horizon.

Tout le monde se retourna. On la vit tous, du haut de la crête de la vague suivante. Elle était assez proche pour qu'on distingue une sorte de phare, fixé sur un mât ou sur un flotteur de mouillage.

– Bon Dieu, elle est tout près ! s'exclama Brad.

– Peut-être un bateau de pêche ? supputai-je.

– On pourrait essayer de pagayer pour le rejoindre. Prenons des tours pour pagayer depuis l'avant avec la planche, suggéra John.

– Passe-la-moi, fit Brad en tendant la main.

Mon cœur battait la chamade. Si c'était un bateau de pêche, il y avait des chances pour qu'il reste sur place un moment, ce qui nous donnerait le temps de le rejoindre. Brad ahanait, fendant l'eau avec sa pagaie de fortune tandis que nous l'imitions avec les mains. Je savais que je n'étais guère efficace, mais c'était mieux que rien.

On se rassurait mutuellement : oui, on se rapprochait de la lumière. Et puis, comme pour nous encourager un peu plus, il se mit à pleuvoir. Cessant de ramer, on se coucha, bouche ouverte, attendant un doux déluge. Mais la légère pluie ne fut bientôt plus qu'une ondée, puis un maigre crachin. « Mère Nature » nous crachait au visage – cette pub idiote vue à la télévision qui me trottait dans la tête. Ce n'est pas beau de tromper Mère Nature... pas beau... John jura, prit la planche des mains de Brad et donna de grands coups de pagaie, aussi irréguliers que furieux.

– On va rattraper le bateau, dis-je à John.

Mais au bout de vingt minutes, il fallut bien se résigner à la pénible évidence : on n'avait pas progressé d'un poil. Vents, vagues et courant se liguaient contre nous. On s'obstina malgré tout à prendre des tours à la pagaie jusqu'à l'aube. Pour constater que le fameux bateau – si bateau il y avait ! – avait disparu à l'horizon.

Nous étions tous épuisés, mais nous avions au moins réussi à passer la nuit. Le jour nouveau nous rendait l'espoir d'être secourus. A l'heure qu'il était, les gardes-côtes devaient activement s'employer à nous rechercher. Sûr que le grand jour, c'était aujourd'hui !

7

Le gros de la tempête était passé, mais une houle grise et lisse comme l'étain enflait toujours l'océan. La couverture nuageuse, moins basse, avait pris une couleur laiteuse sans pourtant se déchirer. Le ciel ne voulait rien céder : pas la moindre goutte de pluie pour étancher la soif qui nous tenaillait, pas le plus petit rayon de soleil pour réchauffer notre peau ridée et gonflée, ni le moindre signe pour indiquer dans quelle direction nous dérivions.

Cette nuit, les rapports avaient changé entre nous, je le sentais. Les alliances semblaient renforcées, les frontières plus clairement délimitées, plus âprement défendues. Mark s'était virtuellement coupé de nous tous. Physiquement si proche de moi que j'aurais pu le toucher en étendant le bras, il se conduisait comme s'il était seul à bord. Visage blême, lèvres bleues, il avait ses yeux pâles fixés sur quelque invisible objet, au-delà des vagues ondulantes.

John et Meg étaient blottis l'un contre l'autre à l'arrière du canot. Un bras passé autour des épaules de sa compagne, John reposait sa tête contre la sienne. La noire chevelure de Meg, tout emmêlée, était plaquée autour de sa figure, tel un sombre linceul. Ses yeux, qui semblaient enfoncés dans les orbites, avaient un regard éteint. Brad, le visage de marbre, restait silencieusement assis sur le bord du Zodiac, tout à sa mission de veiller à maintenir l'équilibre du bateau.

Assise à l'avant, j'examinais ma peau, horrifiée et fascinée par les nouveaux moyens de me grignoter que la mer avait inventés. Les moindres petites écorchures étaient devenues des plaies ouvertes qui constellaient mes bras et mes jambes. La profonde entaille que j'avais au petit orteil droit s'était enflammée. Moi qui avais toujours cru que l'eau salée avait un effet antiseptique, je m'apercevais qu'elle pouvait être aussi toxique que de l'acide. Quand je m'étendais, l'eau qui croupissait au fond du canot manquait de rentrer dans ma bouche à chaque oscillation et il fallait choisir le bon moment pour respirer sans en avaler. Fermant les yeux, je récitai le Notre Père, me perdant dans les paroles familières, puisant des forces dans le simple fait de pouvoir me les remémorer.

Tantôt je priais Dieu de me donner du courage, tantôt je me moquais de moi-même de croire en son existence, pour le supplier ensuite de me pardonner d'en avoir douté... Mon esprit était le jouet de pensées en rafales qui fusaient et ricochaient à toute vitesse, de façon aussi anarchique que des balles de tireurs isolés. Maîtrise-toi, me disais-je. Il faut que tu gardes la maîtrise de toi. Notre Père, qui êtes aux cieux...

– Y a un bateau ! s'écria soudain Mark.

Je me dressai sur mon séant : il y en avait bien un. Un énorme navire, un porte-conteneurs ou un pétrolier. Me penchant sur le côté, je me mis à pagayer, électrisée par une soudaine décharge d'adrénaline.

– Allons, Brad, pagaie donc ! lui lançai-je.

Il se contenta de tremper les mains dans l'eau, sans conviction. Je pagayai dur pendant quelques minutes, convaincue de la futilité de l'effort tout en me sentant obligée d'essayer quand même de faire quelque chose. Je ne sais combien de temps je m'acharnai ainsi avant de m'apercevoir que le bateau avait disparu. Il y avait un moment que les autres s'étaient affalés sur place.

Je retombai contre le bord du Zodiac, épuisée. Brad s'était assis au fond, près de moi. Tout recroquevillé sur lui-même, les genoux sous le menton, les bras autour des jambes, il avait été pris de violents tremblements.

– Je ne sais pas combien de temps je pourrai encore tenir, lâcha-t-il d'une voix chevrotante. Je n'en peux plus, j'ai trop froid.

Le canot se balançait sous l'effet des violents soubresauts qui agitaient son corps. J'étais épouvantée de le voir dans un tel état.

– Vous pouvez vous étendre sur moi, les copains ? Je crois que je suis en train de crever de froid, bégaya-t-il.

Mark s'approcha de lui, cognant au passage les jambes de Meg qui gémit. Brad se coucha et on le couvrit de nos corps, Mark et moi. Il tremblait si violemment qu'on se serait cru en train de maîtriser un fou. On se donna le bras, Mark et moi, pour essayer de se serrer encore plus fort contre Brad et lui faire une coquille de chaleur.

– Mais qu'est-ce qu'ils font à Brad ? s'inquiéta Meg. John, arrête-les ! Arrête-les donc ! (De toute évidence, elle croyait que nous l'attaquions.)

John tenta de la calmer mais elle se débattit, le suppliant d'intervenir pour nous faire cesser. Elle fit tant et si bien, jouant des griffes, que John dut la gifler et qu'elle s'effondra en sanglotant.

Une ou deux minutes plus tard, Meg avait retrouvé son calme. Elle semblait maintenant comprendre que nous essayions d'aider Brad et, avec l'aide de John, elle réussit même à se rapprocher de nous. Elle et John s'installèrent au sommet de notre pyramide aplatie et l'on resta ainsi un long moment, jusqu'à ce qu'enfin Brad cesse de trembler.

Et puis chacun retourna dans son coin et à son enfer personnel. Mark gigotait, envoyait des coups de pied pour se faire plus de place. Meg sanglotait tant la douleur était vive. John n'arrêtait plus de parler d'eau, il fallait qu'il boive.

– Mark, l'entendis-je déclarer, si tu cognes encore Meg, je te défonce la caisse !

Je jetai un regard à la dérobée sur les jambes de Meg. L'une des entailles les plus profondes était dorénavant flanquée de longues stries rouges, signe de septicémie, je le savais. Me penchant vers Brad, je lui suggérai à voix basse de jeter lui aussi un coup d'œil.

– Il faut faire quelque chose, lui dis-je.

– Et quoi ?

– Je ne sais pas.

Avisant alors le morceau de corde en synthétique qu'on avait trouvé dans les algues, j'ajoutai :

– Peut-être lui garrotter la jambe, juste au-dessus de la coupure, pour empêcher l'infection de se propager. Histoire de gagner un peu de temps d'ici l'arrivée des gardes-côtes.

– Eh, vous autres, de quoi vous parlez, là ? fit Meg, l'air fâché. C'est de moi que vous parlez, non ? Je le sais bien. John, ils parlent de moi.

– On se fait du souci pour ta jambe, Meg, expliquai-je. On a l'impression qu'elle est infectée. Regarde.

Meg décroisa les bras, regarda sa jambe droite et fondit en larmes.

– Je me disais qu'on pourrait peut-être te faire un garrot, poursuivis-je, pour empêcher l'infection de se propager. Jusqu'à l'arrivée des gardes-côtes. Tu comprends ?

– Ce serait peut-être une bonne idée, Meg, suggéra John.

– Mais je crois pas que je puisse les bouger, mes jambes, sanglota-t-elle.

– On t'aidera, fit-il.

Sa voix avait trouvé une énergie nouvelle, comme si la perspective de devoir aider Meg lui eût donné des forces.

– Mark, change de place avec moi, dis-je en l'enjambant pour aller retrouver Meg.

J'essayai de trouver un espace suffisant pour que Meg étende complètement les jambes, mais c'était impossible sans se heurter à John ou à Mark. On l'aida, John et moi, à s'asseoir sur le bord du canot. Elle avait le visage ruisselant de larmes. Ce n'est qu'alors que je me rendis compte qu'elle était nue, hormis sa chemise : elle avait même perdu sa petite culotte.

Pas étonnant qu'elle fût restée recroquevillée sur elle-même, les bras autour des jambes. Elle essaya de tirer sa chemise le plus bas possible pour se couvrir et j'en eus mal au cœur pour elle. Bien que souffrant le martyre, elle s'efforçait encore de sauvegarder un brin de dignité... J'avais envie de lui dire : laissons tomber le garrot, tout va bien, tout se passera bien.

– Je sais que ça va te faire mal, lui dis-je doucement, mais il faut que tu étendes ta jambe pour que je puisse passer la corde autour.

Je culpabilisais terriblement à l'idée d'infliger une épreuve supplémentaire à sa pudeur et de lui causer d'horribles souffrances. Mais j'étais convaincue que c'était primordial pour sa survie.

Sanglotant de douleur, Meg étendit vers moi sa jambe enflée. John la soutint pendant que je passais la corde jaune sous sa jambe, aux trois quarts de la hauteur de la cuisse. Je fis un nœud coulant. Je commençais à tirer dessus pour le resserrer quand Meg poussa un cri épouvantable : un cri de torturé, un cri à vous fendre l'âme. John lui prit les mains, tâchant de la maintenir, mais elle se débattait. Non, je ne pouvais pas lui imposer cela. Je défis le nœud.

– Je voulais juste essayer de t'aider un peu, Meg, soufflai-je.

Elle s'affala sur le fond du canot. Je m'en voulais de l'avoir fait tant souffrir et d'avoir raté ce qui était sans doute notre seule chance de lui venir en aide. Mon cœur battait à tout rompre, je n'osais plus regarder Meg en face, ni les autres.

Elle va mourir, pensai-je. Oh, mon Dieu, je n'ai pas voulu lui faire de mal, pardonne-moi ! Qu'allons-nous faire si elle meurt ? J'ai envie de vomir. Je ne supporte plus tout ça, je ne peux plus.

Un noir aileron fendit l'eau à une centaine de mètres de nous. Puis un autre. Ils étaient toujours là, veillant, guettant.

Je me recouchai à ma place, à l'avant du bateau. Le martyre de Meg m'avait tant absorbée que j'en avais oublié le froid pour quelques minutes. Mais mon corps se remit à grelotter avec une violence effrayante. Je tentai de calmer le tremblement en essayant de me concentrer sur autre chose, de rassembler un peu mes pensées. Concentre-toi, concentre-toi, pense à n'importe quoi mais pas au froid.

Les gardes-côtes ! Mais, nom d'un chien, où étaient-ils, les gardes-côtes ? Ils ne sont pourtant pas du genre à abandonner les gens à leur triste sort, surtout après un appel de détresse, quand ils vous ont repérés, qu'ils savent où vous êtes et que vous êtes en mauvaise posture. Mais où étaient-ils donc ? On devait être l'après-midi et la mer s'était considérablement calmée. Pas de doute, ils pouvaient naviguer là-dessus sans problème – c'était à la portée de n'importe qui. Alors, ils nous auraient abandonnés ? Abandonnés à une mort certaine ?

– Je supporte plus de mariner dans cette merde !

C'était la voix de Mark. Je m'étais assoupie. La lumière de l'après-midi déclinait.

– Ça me fait gerber ! Faut qu'on se débarrasse de cette merde puante !

– On ne peut pas, fit John.

– Mais si, on peut. Y a qu'à retourner ce machin flottant et nettoyer la merde.

– Et les requins ?

– T'as vu un requin dans le coin, là ? Moi, j'en vois pas !

– C'est pas parce que tu ne les vois pas... objecta John.

– On se dépêchera. Un coup vite fait pour retourner le bordel de canot, un coup vite fait pour le remettre en place.

– Et comment tu te figures que Meg va descendre du bateau et y remonter ? questionna John.

– Elle ne pourra jamais, dis-je. En plus, on perdra toutes les algues : alors, comment on se tiendra chaud si on doit passer encore une nuit ici ?

– On en ramassera d'autres, s'il faut, rétorqua Mark.

– Mais, y en a plus. Ça fait une éternité qu'on n'en a plus revu, fit Brad.

– J'en ai rien à foutre ! On va retourner ce putain de machin illico presto !

Mark se mit alors à faire tanguer le bateau, piétinant tout le monde par la même occasion. On aurait dit un gamin de cinq ans piquant sa petite colère.

– Arrête ! criait-on tous, mais il continuait de plus belle.

– Brad, lui soufflai-je en aparté, fais quelque chose !

– Eh, Mark, calme-toi ! lança Brad. On ne va pas le faire, alors laisse tomber. On est tous bien trop faibles. Imagine qu'on retourne le bateau, qu'on puisse plus remonter dedans et que les requins rappliquent…

– Toute cette merde dans la flotte, ça peut qu'aggraver les choses pour Meg. Et même, t'as qu'à regarder mes jambes, et les tiennes. On a tous des plaies : elles grossissent et elles s'infectent à vue d'œil. Alors, si on peut remettre un peu d'eau propre dans le canot, au moins on n'aggravera pas la situation.

Ce que Mark disait tenait debout. Il savait être logique quand il voulait, c'en était même exaspérant. De plus, il avait raison, l'eau qui croupissait au fond du bateau était répugnante et l'odeur pestilentielle. Les plaies de mes jambes s'étaient nettement agrandies pendant la nuit, elles avaient maintenant la taille d'une pièce de dix cents. Et, en y regardant de près, je pouvais en voir d'autres se former un peu partout sur mon corps.

La chaleur de l'eau m'attirait et en ce moment il n'y avait pas de requins en vue. Peut-être y arriverait-on, en se dépêchant et en évitant d'éclabousser… John parla à Meg qui opina du chef.

– Elle veut bien essayer, traduisit John.

– Déconne pas, vieux. Elle n'y arrivera pas, répliqua Brad.

– Si, si on fait ça vite : d'abord on descend Meg, ensuite on se met tous à l'eau sans bruit pour ne pas attirer l'attention sur nous, expliqua John. Après, on retourne le canot, et puis on le remet à l'endroit, vite fait, on attrape les algues et on les fourre dedans. Je crois que ça peut marcher.

Brad protesta, mais il était le seul. On allait tenter le coup. Ayant rassemblé les algues au centre du Zodiac, on fit asseoir Meg sur le bord, jambes par-dessus bord, et on la fit glisser à l'eau tout doucement, avec un maximum de précautions. Brad et John descendirent du côté au vent, Mark et moi du côté sous le vent, Mark vers l'arrière, moi vers l'avant. Meg s'accrocha à John pendant que nous soulevions le Zodiac, côté au vent. Quand il fut suffisamment relevé, on le tira depuis notre côté, Mark et moi, jusqu'à ce que le canot se retourne. Je gardais un œil sur l'eau pour détecter d'éventuels requins. Rien à signaler pour l'instant. Je sentis bien des balistes me suçoter les jambes mais je résistai à l'envie de les chasser d'un coup de pied : il fallait rester aussi immobiles que possible, le moindre mouvement pouvant attirer les requins.

La chaleur de l'eau était merveilleusement réconfortante, mais on n'avait pas le temps de la savourer. Il fallait remettre le Zodiac dans le bon sens. Ceci fait, on se hissa dedans tant bien que mal, retombant les uns sur les autres au fond du canot. A l'exception de Meg, bien sûr.

– Allez viens, Meg, fit John.

– Juste encore quelques minutes, fit-elle d'une voix rêveuse, les yeux clos.

Je la comprenais : quel soulagement de ne plus sentir le poids de ses jambes, quel délice que cette eau chaude...! Quant à nous, figés par l'angoisse, on attendait Meg en appréhendant les requins.

– Merde, les algues ! s'écria Brad. Attrapez-les avant qu'elles fichent le camp.

Nous étions si préoccupés par Meg que nous les avions laissées filer. Penchés par-dessus bord, Brad et moi, on réussit à en récupérer près de la moitié.

– Bon, cette fois on y va, Meg, déclarai-je, honteuse du ton de colère évident de ma voix. Maintenant, tu remontes. On ne peut pas prendre davantage de risques. Allez, viens.

Je tendis les bras pour l'aider. Elle se déroba un instant, puis céda. On se mit tous ensemble pour la hisser à bord, elle-même ayant si peu de forces qu'elle ne pouvait guère nous aider. Bien qu'on fît notre possible pour protéger ses pauvres jambes blessées, elle hurla de douleur quand on la tira par-dessus le bord du bateau. Enfin, on avait fait ce qu'il fallait, pensai-je : on se retrouvait tous à bord du canot, et débarrassés de l'eau fétide.

– Et maintenant, on n'a plus assez d'algues pour se couvrir, déclara Brad. On va crever de froid.

Je ne réagis pas, soulagée de ne plus avoir à macérer dans l'eau dégoûtante. Un soulagement de courte durée car, deux minutes plus tard, je compris quelle incroyable bêtise nous avions commise. Si l'eau qui croupissait au fond du bateau puait, elle était malgré tout assez chaude. Or, nous avions maintenant perdu la moitié de nos algues et toute l'eau réchauffée par nos corps.

Je m'adossai au flanc du canot. Le retournement du Zodiac m'avait affaiblie et avait aggravé une soif déjà lancinante. Je lorgnais les eaux d'un gris-vert sombre : non, ce n'était pas la solution. Je savais qu'on signait son arrêt de mort en buvant de l'eau de mer.

Je m'étendis, enfouissant la tête sous le taud en caoutchouc qui couvrait l'avant du bateau. Un moyen de fuir les autres que de me fourrer là-dessous. Même s'ils n'étaient qu'à quelques pas de moi, j'avais l'impression d'être dans mon petit monde à moi, à l'avant. Et, pour ne pas perdre les pédales, j'avais désespérément besoin de prendre mes distances par rapport à eux. Ils me déprimaient, ils me farcissaient la tête d'idées noires. Fermant les yeux, je sentis la lourde chape du sommeil m'envelopper. Une peur intense s'empara de moi, forçant mes yeux à se rouvrir. Soudain, je n'avais plus du tout envie d'être seule. Je ne pouvais supporter une minute de plus d'isolement.

– Brad, appelai-je, j'ai besoin de toi !

Brad se glissa sous le taud, à l'avant.

– J'ai peur de m'endormir et de ne plus jamais me réveiller, lui confiai-je.

– Je veillerai sur toi, proposa-t-il.

– Ne me laisse pas dormir trop longtemps. L'hypothermie peut...

– Je sais, Debbie, répondit-il d'une voix lasse.

Je fermai les yeux et un kaléidoscope d'images défila sur l'écran noir de mon esprit. L'avion des gardes-côtes piquant vers nous, le mât du *Trashman* s'enfonçant dans l'eau, mon père, ma mère, mon demi-frère. Le feu doré des trembles en septembre, la neige sur une cime dentelée, le visage sévère de M. Pitman, mon prof d'anglais au lycée, celui qui dirigeait nos expéditions de plein air, celui qui m'avait enseigné les techniques de survie. M. Pitman... Des années que je n'avais pas repensé à lui. Pourtant il était là, dans la classe aux lambris sombres, debout au pupitre, me regardant, m'attendant. Pourquoi le Vieux Marin a-t-il tiré sur l'albatros [1], Miss Scaling ? Miss Scaling, vous êtes toujours avec nous ? L'albatros, pourquoi l'albatros ? Et pourquoi le marin le portait-il autour du cou ? Non, M. Pitman, pas un albatros, un avion, je rétorque. Vous entendez l'avion ? Ils sont revenus nous chercher.

J'ouvris brusquement les yeux. J'avais encore rêvé. De quoi ? D'un oiseau, non, d'un avion. Mais j'avais *bel et bien*

1. Allusion à un long et célèbre poème de Coleridge où le vieux marin qui a tué l'albatros, porte-bonheur, trouve la mort dans un naufrage. *(NdT)*

entendu un avion. De fait, je l'entendais toujours. J'étais réveillée et j'entendais un bruit de moteur. Hourra, ils étaient revenus ! Je savais bien qu'ils viendraient. Je sortis de sous le taud pour m'apprêter à accueillir nos sauveteurs. Les autres avaient tous le nez en l'air, mais personne ne sautait de joie, pourquoi ? Scrutant à mon tour le ciel gris, je découvris l'appareil : un énorme avion de ligne argenté qui fendait les nuages. Je m'imaginai les passagers, détendus, déchaussés, tartinant un beurre ramolli à point sur une petite tranche de pain de seigle, jetant un coup d'œil par le hublot et ne voyant rien. Rien que l'océan vide et sans bornes. L'avion traversa le ciel et disparut.

Je regagnai en rampant ma place sous le taud, le moral en chute libre. A présent, inutile de rêver de sauvetage. Les gardes-côtes nous avaient oubliés. Pas de risque qu'un bateau ou un avion nous repère par hasard, qu'un oiseau géant descende des nuages, nous prenne dans ses serres et nous emporte en lieu sûr ! Eh bien voilà, ils ne viendront pas, me dis-je. Personne ne viendra. Ni maintenant ni plus tard. Je devais me rendre à l'évidence, nous le devions tous. Nous étions seuls.

Soudain, une violente douleur, un élancement insupportable dans ma jambe, comme une coulée de lave fusant de mon orteil blessé. Hurlant, je voulus m'asseoir mais je me cognai la tête contre le taud. Mon doigt de pied, mon doigt de pied ! Je sentais qu'on essayait de me l'arracher. Émergeant de mon abri, je découvris Mark qui tirait sur mon orteil comme une brute en clamant :

– Je t'avais bien dit de l'arracher. De toute façon, il est si infecté qu'il fichera le camp tout seul.

– Mais laisse-le donc ! Touche pas ! criai-je en lui décochant un coup de pied qui le frappa au menton et le fit basculer à la renverse.

– T'as vu ça ? Brad, m'indignai-je. Ce type-là a essayé de m'arracher le doigt de pied !

– Mark, n'arrache pas le doigt de pied de Debbie, déclara Brad sans émotion.

– Elle va le perdre quand même. Je voulais simplement lui rendre service.

– Ne me touche plus !

– Je tiens pas à te toucher.

– Trou-du-cul !

– Connasse !

– Arrêtez ! intercéda John.

– Vous pouvez pas calmer un peu le jeu jusqu'à l'arrivée des gardes-côtes, non ? suggéra Brad.

Je me rassis et regardai tour à tour Brad, Mark, Meg et John. Soudain, la réalité de la situation me creva les yeux : ah, les imbéciles, les pauvres idiots que nous étions ! Là à espérer – non, que dis-je ? à attendre – les secours ! Alors qu'il y avait quarante-huit heures que nous avions fait naufrage. Je m'étonnais que les autres n'en soient pas encore parvenus à la même conclusion.

– Dites donc, j'ai du nouveau pour vous, déclarai-je : les gardes-côtes ne viendront pas.

Ils se retournèrent vers moi tous les quatre, mais restèrent muets. Meg posa la tête sur les genoux et fondit en larmes. Bon, très bien. Eh bien, qu'ils restent assis là à attendre, me dis-je. Moi, maintenant, je savais à quoi m'en tenir. Personne ne viendrait nous secourir, il faudrait que nous nous en chargions nous-mêmes. Je détournai d'eux mon regard, leur seule vue m'écœurait. Combien d'autres avant nous s'étaient trouvés dans ce genre de situation désespérée, et combien s'en étaient tirés ? Qu'est-ce qui fait la différence entre ceux qui survivent et ceux qui y restent ?

J'avais un jour rencontré à Saint-Thomas un vieux loup de mer qui portait une boucle d'oreille. Il m'avait raconté que si un marin tombe à l'eau et qu'il a un anneau à l'oreille, Neptune le repêche par l'anneau et le remet à bord. Et que si un homme perdu en mer possède une perle noire, il peut l'offrir à Poséidon, en échange de la vie sauve. Le vieux loup de mer en question portait une perle noire sur une chaîne, autour du cou. Je m'étais gentiment moquée de lui. Mais quelques semaines plus tard, accompagnant une amie chez le bijoutier, j'avais remarqué en vitrine une perle noire montée sur un anneau. Vingt minutes plus tard, je ressortais de la boutique avec l'anneau à l'oreille.

Tendant la main, je touchai la boucle à mon oreille, m'attardant sur la perle. On la donne en échange de la vie sauve, avait raconté le vieux loup de mer. Je savais bien que c'était une histoire, que Poséidon et le vieux marin étaient des personnages de légende, sans réelle signification. Pourtant, je décrochai la boucle d'oreille, je la contemplai quelques instants et la jetai à l'eau.

– Qu'est-ce que c'était ? fit Brad.

– Rien.

Avec l'obscurité, le désespoir se fit plus palpable, la solitude plus grande. On savait qu'on allait rester invisibles pendant douze heures et qu'il faudrait se battre contre le froid perçant de la nuit. J'aurais voulu pouvoir retenir la lumière du jour, l'installer à nouveau sur le toit du monde.

Je m'étendis à côté de Brad. Mon estomac gargouillait mais, bizarrement, je n'avais pas très faim. J'éprouvais plutôt un vague sentiment de vide, le besoin subtil et lancinant de quelque chose, n'importe quoi. Aussi loin que remontent mes souvenirs, j'ai toujours eu tellement de problèmes avec la nourriture, à la fois punition et récompense… Je repensai à tous ces repas que j'avais vomis, à toute la somme de culpabilité, d'humiliation, de dissimulation. Vraiment idiot, Debbie. Complètement idiot.

Meg gémit. Brad toussa et ouvrit les yeux.

– Qu'est-ce qu'on va faire ? demandai-je à Brad.

– J'en sais rien.

– Je suis désolée de t'avoir entraîné dans cette galère. Ta sœur me tuera !

– Au moins, on est ensemble.

– Ah ! si je ne t'avais pas... Si j'étais seule avec ces gens-là... Et Meg, tu sais, elle souffre tellement...

– Je sais.

– On va s'en tirer, non ?

– On n'a qu'à se serrer les coudes, tous les deux.

– Je suis si fatiguée.

– Dors donc un petit coup, je veillerai sur toi. Je m'assurerai que tout va bien.

– Merci.

Je sentis que je dérivais déjà vers le sommeil.

– Deb ?

– Hein ?

– Quand tout ça sera de la vieille histoire et qu'on sera tirés de là, on restera toujours ensemble, hein ?

J'ouvris les yeux et le regardai. Je croyais comprendre ce qu'il voulait dire, mais je n'étais pas sûre de pouvoir faire une telle promesse. Pourtant, il avait besoin de l'entendre, comme nous avions besoin l'un de l'autre en ce moment. « Toujours », eh bien... C'était très loin, toujours...

– Oui, Brad, on restera toujours ensemble, dis-je en fermant les yeux.

Un oiseau blanc de neige et grand comme la nuit piqua vers moi.

8

– Putain, j'ai pas assez de place !

Quelqu'un me tapait dessus en hurlant. J'ouvris les yeux : c'était Mark.

– Tu prends trop de place, pesta-t-il en ne cessant de me décocher des coups de pied. Elle est mourante, l'autre, faut que je prenne mes distances.

Le canot tangue. Où suis-je ? Il fait noir, je claque des dents, je ne sens plus mes pieds, je suis empêtrée dans les algues, j'ai un goût horrible dans la bouche. Meg qui geint, Mark qui me houspille... J'avais dû m'endormir et je ne savais plus où j'étais, ni ce qui se passait.

– Brad ? appelai-je, tendant la main pour le toucher.

Il n'était plus là. L'appelant encore une fois, je rampai hors de mon abri sous le taud. Scrutant l'obscurité, je distinguai John et Meg, pelotonnés l'un contre l'autre, et Brad assis sur le bord tribord du Zodiac.

– Qu'est-ce que tu fais là ?

– J'essaie de faire un peu de place à Mark pour qu'il se tienne tranquille, répondit-il d'une voix neutre, sans quitter John et Meg des yeux.

John tenait Meg dans ses bras et se balançait d'avant en arrière. Meg gémissait, John se balançait. J'aurais voulu détourner mon regard, mais je n'arrivais pas à le détacher d'eux.

– De l'eau, se plaignait John. Faut que je boive.

– J'ai une entaille à la cheville, fit Mark en se tenant le pied. C'est infecté, je le sais. Et si j'attrape la même chose qu'elle ? Faut que je bouge, il me faut de la place, bordel ! Regardez-la, elle, elle va mourir ! Elle va mourir ! Faut que je prenne mes distances. Elle va mourir.

J'aurais dû le faire taire, je le savais, mais je ne dis rien. Je n'en avais pas la force. Peut-être Meg ne l'entendait-elle même plus, à présent. Et puis, à quoi bon essayer d'empêcher les autres de faire ce que, de toute façon, ils feront ? Mark tempêtait, John se balançait, Brad restait assis là, les yeux dans le vague. Puanteur, saleté, pourriture. Et ce vide... Le plus noir des cauchemars. Sinistre.

Si seulement il pleuvait... Une bonne pluie tiède, qui tombe doucement, longuement. Tout irait mieux si je pouvais sentir la pluie sur ma peau, la pluie ruisselant sur mon corps pour le laver de tout. Je me mis à réciter le vingt-troisième psaume : « Le Seigneur est mon berger, rien ne saurait me manquer. » Je voulais voir si j'arrivais à me souvenir des paroles, des mots simples et réconfortants, des mots qui tombaient comme des gouttes de pluie, en faisant des ronds de douceur et d'espoir.

Un peu plus tard, tout le monde était redevenu silencieux. Brad restait assis sur le bord du canot. Meg, John et Mark semblaient tous les trois endormis. Le bateau flottait de vague en vague, le vent soufflait, mes dents claquaient. Quel bruit fait le silence ! pensai-je.

– Brad... murmurai-je.

– Quoi ?

Je l'avais fait sursauter.

– Pourquoi tu ne viendrais pas t'étendre un peu là pour faire un petit somme ? Tu dois geler, là-haut, non ?

– Non, ça va, fit-il en se détournant.

– Je t'en prie, Brad. J'ai besoin de te sentir près de moi.

Il ne bougea pas. J'avais tellement peur qu'il ne s'endorme et qu'il ne tombe du Zodiac si une vague nous heurtait.

– Je t'en prie ! Je me sentirais beaucoup plus à mon aise si tu venais là en bas. C'est pas très sûr de rester assis là-haut.

Il se laissa glisser à mes côtés sans un mot. On se pelotonna ensemble. Rassérénée, je m'offris le luxe de m'assoupir.

Meg s'était remise à geindre, Mark pleurnichait qu'il n'avait pas de place, John n'en finissait plus de parler d'eau. Ils me rendaient folle, tous les trois. Meg ne pourrait pas la fermer un peu, non ? Oh, mon Dieu, comment pouvais-je lui en vouloir de gémir ? Comment pouvais-je avoir le cœur si dur ? Et je repartis dans la liste des « pourquoi » : pourquoi ça, pourquoi maintenant, pourquoi moi ? Bon, je n'avais peut-être pas été parfaite toute ma vie, mais pourquoi une telle épreuve ? Peut-être y avait-il quelque chose à apprendre ? Une clé pour une vie meilleure. Je la saisirais. Et j'en ferais… Mais quoi donc ? Je sombrai de nouveau dans le sommeil.

– Debbie… chuchota Brad. (Il faisait toujours nuit.)

– Hmm ?

– Écoute et dis-moi ce que tu crois qu'ils fabriquent.

Je levai la tête, tâchant de distinguer les autres. Je vis deux silhouettes penchées par-dessus l'arrière du bateau : John et Mark.

– Qu'est-ce qu'ils fabriquent, hein ? répéta Brad.

Je n'arrivais pas à entendre ce qu'ils disaient. Frisson de panique : et s'ils endommageaient le bateau ? Ou s'ils attentaient à la vie de Meg ? Non, rien à signaler du côté de Meg qui dormait, la tête sur les genoux. J'entendais les deux autres remuer de la flotte. Et brusquement, je compris : ils buvaient de l'eau de mer ! J'étais abasourdie. Comment être aussi bête !

– Ils boivent de l'eau de mer, expliquai-je à Brad. Tu crois qu'on devrait les en empêcher ?

– Il est probablement déjà trop tard.

J'éprouvai une profonde tristesse en les écoutant faire. Ils avaient capitulé, perdu la maîtrise d'eux-mêmes. Fatale erreur que de boire de l'eau de mer, je le savais; je me souvenais d'avoir entendu dire qu'il fallait d'abord boire sa propre urine. Que leur arriverait-il ? je l'ignorais. Allaient-ils perdre la tête – si ce n'était déjà fait ? En mourraient-ils ? Essaieraient-ils de nous faire du mal ?

– Brad, promets-moi que tu n'en boiras pas, lui murmurai-je.

Il ne me répondit pas, ce qui m'effraya encore plus. Je m'étendis à nouveau au fond et l'eau du canot vint clapoter autour de ma bouche. Je m'imaginai ouvrant la bouche et buvant, passant la tête par-dessus bord et laissant l'océan m'emplir la gorge. Quel goût aurait-il ? Quelle impression ça ferait ?

L'aube pointa. Pour la première fois depuis le naufrage, on risquait de voir le soleil, semblait-il. Les nuages s'écartaient. Je sentis renaître l'espoir à la pensée de la caresse du soleil sur ma peau. Les gardes-côtes allaient peut-être venir, après tout. Mais bien sûr que oui ! D'accord, ils avaient eu quelques difficultés à nous rejoindre mais, maintenant que la mer était plus calme, il n'y avait pas de raison qu'ils n'arrivent pas aujourd'hui. Et peut-être même dans l'heure, que diable !

Eh, arrête de débloquer, Debbie ! Si les gardes-côtes nous cherchaient, ils nous auraient déjà retrouvés. C'est qu'ils ne viendront pas, un point c'est tout. « Dieu aide ceux qui se débrouillent eux-mêmes », comme disait ma grand-mère Queenie. Eh bien, je vais me débrouiller, pensai-je. Tout ce que j'ai, c'est moi. Et je ne vais pas craquer.

Brad sortit de sous le taud. Mark et John bougèrent, Meg geignit. Sa mauvaise jambe avait encore pire allure : les sinistres traces rouges s'étaient élargies et se prolongeaient maintenant jusqu'au buste, disparaissant sous la chemise.

– C'est aujourd'hui qu'ils arrivent, déclara John.

– Y a intérêt ! Regarde un peu ma cheville, fit Mark. (L'infection avait gagné tout le pied.) Qu'est-ce que je vais faire ?

– Le soleil est par là, réfléchit lentement Brad. Ça veut dire que le vent viendrait du nord et les vagues du nord-est. On devrait donc dériver vers la côte. Il se pourrait qu'on touche terre d'ici un ou deux jours.

– En Caroline du Sud ou en Géorgie, peut-être, ajouta Mark.

Quelle image réconfortante, que de s'échouer sur une plage !

– Qu'est-ce qu'on fera en arrivant ? demanda Meg. On ira au poste des gardes-côtes ?

– Ah ça, non alors ! protesta John. Moi, je prendrai l'avion pour rentrer à la maison. Puisque ces salopards nous ont laissés coincés là, qu'ils aillent se faire foutre !

– Tu sais bien que je déteste l'avion, fit Meg. Il n'y a qu'à aller trouver les gardes-côtes et les laisser s'occuper de nous.

John haussa les épaules. Puis il s'assit droit sur son séant et fit le geste de montrer quelque chose.

– Je vois la terre !

On se retourna comme un seul homme pour regarder.

– Juste là, les gars. Voyez pas ? Droit devant nous !

J'avais beau écarquiller les yeux, je ne voyais que de l'eau, rien d'autre.

– Je crois que t'as la berlue, mon vieux, fit Brad.

John s'affaissa contre l'arrière du bateau et soupira.

– Et si on prenait l'avion, où est-ce qu'on pourrait aller ? lui demanda Meg.

– Probablement à Portland, chez ma mère.

– Je veux pas prendre l'avion, je veux qu'on aille au poste des gardes-côtes. Je peux pas monter dans un avion dans cet état-là, je risquerais de coller ma maladie à quelqu'un.

– Qu'est-ce que tu racontes là, Meg ? fis-je.

– Ce truc que j'ai, là. Je veux pas le refiler aux autres.

– C'est pas une maladie, Meg. C'est une septicémie, c'est pas contagieux.

– Mais je veux pas prendre l'avion ! répéta Meg, le visage

ruisselant de larmes. John sait bien que je ne peux pas prendre l'avion. Je t'en prie, me force pas !

John lui passa un bras autour des épaules :

– T'en fais pas, Meg. T'auras pas à prendre l'avion. Une fois qu'on sera là-bas, on te mettra dans le train, ou bien on louera une voiture ou quelque chose...

– Oui, on fera comme tu voudras, renchérit Brad.

Elle continuait malgré tout à sangloter.

– Bon Dieu, Meg, ferme-la ! cria Mark en lui envoyant un coup de pied qui la fit pleurer encore plus fort.

John ne sembla pas s'en apercevoir :

– On n'aura pas à prendre l'avion, on ira en voiture. Comme on est juste au large de Falmouth, on ira à l'hôpital où travaille ma mère. Elle s'occupera de nous.

Comment John osait-il mentir à Meg de la sorte ? Mais je me rendis compte qu'il croyait à ce qu'il racontait.

– On n'est pas au large de Falmouth, rectifia Brad. On est quelque part en plein Atlantique. Aucun rapport avec Falmouth.

– Tu déconnes ! Falmouth est là, tout près, affirma John avec conviction.

– Qu'est-ce qui te prend de débloquer comme ça ? fit Mark.

– Je débloque pas, rétorqua John avec colère.

Brad suggéra que Meg s'installe à l'avant un petit moment. Si elle garait ses jambes sous le taud, personne ne pourrait les cogner, pensait-il.

– On peut s'asseoir sur les côtés, Deb et moi. Mark se mettra à l'arrière et vous deux, ça vous fera un peu plus de place pour étendre les jambes.

Je fis oui de la tête, bien que pas très contente de devoir renoncer à mon petit coin.

– Et mon pied ? pleurnicha Mark. Moi aussi j'ai besoin de place pour m'étendre. C'est moi qui vais y aller.

– Meg est bien plus mal en point que toi, Mark, objectai-je.

– Mais après, ce sera mon tour de m'y mettre.

John et Brad aidèrent Meg à se traîner jusqu'à l'avant. John se mouvait comme un homme en transe, l'œil fixe, le geste lent et trop étudié pour être naturel. M'étant assise sur le bord pendant quelques minutes, je m'y trouvai trop au vent et me réinstallai au fond, adossée à l'arrière du canot. Tout le monde se taisait. Je scrutai l'horizon vers l'ouest – ou du moins ce que je prenais pour tel –, cherchant à distinguer une côte, n'importe quoi.

– Arrête, fit Meg. Tu me donnes des coups de pied.

– Pas du tout, protesta John.

– Mais arrête !

– Et toi, arrête donc de râler. Tu ne fais que ça, répliqua John d'un ton impatient.

– Mais où sont donc mes putains de cigarettes ? s'écria Mark tout à coup.

Les yeux écarquillés, le regard fou, il farfouillait dans le tas d'algues qui pourrissait au fond du canot.

– Qui c'est qui les a piquées ?

– Qu'est-ce que tu racontes là ? dit Brad. T'en as pas, de cigarettes.

– Bordel de merde ! C'est toi qui les as piquées, hein ? cria Mark, accusant Brad.

– Mais y a pas de cigarettes. Et même si tu en avais, elles seraient trempées.

– Mais si, j'ai des cigarettes, dit lentement Mark.

– Et où tu les as trouvées ? eut la force d'ironiser Brad.

– Je viens de faire un saut au Seven-Eleven pour acheter de la bière et des sèches. Et je veux savoir qui me les a piquées !

Je regardai Mark, médusée. Il avait perdu les pédales. Il débloquait complètement.

– Mark, dis-je, pensant pouvoir le raisonner pour le ramener à la réalité. Si tu viens de faire un saut au Seven-Eleven, pourquoi t'es revenu, nom d'un chien ?

Assis parmi les algues pourries, Mark contemplait la

paume de ses mains. Il cligna des yeux plusieurs fois, rapidement, comme pour accommoder, puis releva les épaules jusqu'aux oreilles, fit la grimace et ferma les yeux. Il voulut parler mais les mots semblaient rester coincés dans sa bouche :

– Où elles s-s-sont m-m-mes p-p-pu-putains de ci-ci-gare-rettes ? bégaya-t-il en fourrageant de nouveau dans le tas d'algues puantes.

Meg recommença d'enguirlander John qui ne se priva pas de l'asticoter, tandis que Mark poursuivait ses délires. J'avais l'impression de me noyer dans leur cacophonie : et je te pleurniche, et je te crie, et je te pleure, et je te rouspète… Ils ne pouvaient pas rester un peu tranquilles ? C'est alors que je surpris John donnant un coup de pied à Meg, exprès. Elle pleura, et il recommença.

– John, arrête, lui dis-je. Tu ne crois pas qu'elle souffre assez comme ça, sans que t'aggraves encore les choses ? Fiche-lui la paix.

John continuait malgré tout à cogner Meg qui hurlait et pleurait de plus belle. Mark s'entêtait à chercher ses cigarettes. Finalement, Meg déclara qu'elle ne voulait plus rester à côté de John et on l'aida, Brad et moi, à reprendre sa place à l'arrière du canot. Mark décréta aussitôt que c'était son tour de s'asseoir à l'avant. Nous installions Meg quand j'entendis un drôle de bruit : je me retournai à temps pour surprendre John à l'avant qui s'apprêtait à arracher le renfort de caoutchouc qui retenait la bosse d'amarrage du bateau.

Sourd à nos protestations, John arracha le renfort d'un coup sec et le jeta à l'eau, tombant lui-même à la renverse vers l'arrière du canot. Je sentis mes jambes céder sous moi : l'air n'allait pas tarder à s'échapper du Zodiac ! Je rampai vers l'avant, Mark hurlant derrière moi :

– Dis, où tu crois que tu vas comme ça, bordel, c'est mon tour !

Je me précipitai sur l'avant du canot, posant la main à

l'emplacement du renfort. Il y avait peut-être un moyen de boucher le trou, une chance de s'en tirer. Ouf ! Quel soulagement de constater que le caoutchouc semblait intact : pas de trou, pas de fuite, aucun dégât.

– Tu tiens vraiment à nous y faire tous passer ? criai-je à John.

Mais je vis bien qu'il n'avait pas la moindre idée de ce qu'il venait de faire. Le regard vide, inerte, il était loin, à des millions de kilomètres de nous. Hypothermie ou effets de l'eau salée ? En tout cas, c'était grave, je le savais.

Mark me poussa pour m'écarter et prendre possession de « sa » place à l'avant. Je partis m'asseoir à la sienne. Meg couinait, recroquevillée dans son coin. Je guettais le moindre geste de John, terrifiée à l'idée de ce qu'il risquait encore d'inventer. Avisant les valves de gonflage à l'arrière, je m'alarmai : Pourvu qu'il ne les remarque pas ! pensai-je, souhaitant de toutes mes forces que John regarde de l'autre côté.

J'avais des crampes, il fallait que j'étende un peu mes jambes engourdies. Mark était de nouveau si absorbé par la recherche de ses cigarettes fantômes qu'il ne risquait pas de s'en apercevoir. J'étendis donc les jambes et me rendis compte qu'elles avaient terriblement enflé. Aussi, les plaies causées par l'eau de mer avaient-elles empiré. A voir ma peau, on aurait cru qu'on y avait écrasé de gros cigares. Certaines plaies étaient rouges, brûlantes et suppurantes. Pourrais-je encore marcher quand on toucherait terre ?

Tout à coup, une douleur fulgurante me déchira de bas en haut, de la jambe gauche au sommet du crâne, en passant par l'aine. Hurlant de douleur, je me jetai vers l'avant du bateau pour écraser mon poing dans le dos de Mark.

– Salaud !

Il avait de nouveau tordu mon orteil qui pissait le sang.

– Tu ne peux pas foutre un peu la paix aux gens, non ? cria Brad.

– Elle m'a pris ma place, je veux y retourner.

Il m'écarta de son chemin et rampa vers le côté tribord du bateau. Je gardai l'œil sur Mark et John tandis que Brad et moi repassions à l'avant.

– Hé, dis donc, fit Mark à John. Tu veux un clope ?

– Ouais. T'en as ?

– Sous les algues. Là-bas, fit-il en se dirigeant de nouveau vers l'avant.

– Mark, écoute-moi un peu, mon vieux, lui dit Brad. Y a ni clopes, ni bière, ni quoi que ce soit par ici. On est en plein milieu de l'océan.

– J'ai des sandwiches, poursuivit John. T'en veux ?

C'était horrible de voir Mark et John débiter ces absurdes histoires de cigarettes et de sandwiches. Apparemment, ils étaient convaincus d'arriver de courses, comme s'ils faisaient une simple sortie en mer pour la journée. Ils avaient tous les deux embrayé au même moment sur une réalité parallèle.

– Alors, où ils sont, mes sandwiches ? gueulait John en retournant les algues qu'il jetait par-dessus bord au fur et à mesure. Ils étaient là tout à l'heure, je le sais.

– Et où elles sont, mes putains de sèches ? me demanda Mark. C'est toi qui les as piquées, je le sais, fit-il en se dirigeant vers moi mais Brad me protégea en l'arrêtant d'une main.

– Elle ne les a pas, Mark. Fous-lui la paix !

Mark posa sur nous un regard fixe et vide puis retomba contre le flanc du Zodiac. John se laissa glisser à ses côtés, l'air complètement perdu.

Je dormis. Par à-coups et d'un sommeil torturé, peuplé de voix et de cris. Je me réveillai avec l'impression qu'une ombre venait de me passer sur le visage. Je me dressai sur mon séant : tout le monde dormait. Le crépuscule tombait à nouveau. Les nuages qui cachaient le soleil depuis si longtemps s'étant enfin dissipés, la nuit serait plus froide que les précédentes. Sachant maintenant où se trouvait l'ouest, j'essayai de me convaincre qu'on dérivait dans ce sens-là. Je contemplai le ciel tandis que les vagues portaient le canot vers l'ouest, vers la côte, vers la vie.

Les gémissements de Meg me firent sursauter. M'étais-je donc rendormie ? A l'est, le ciel d'un indigo profond se piquetait d'étoiles scintillantes, tandis que l'horizon restait lumineux vers l'ouest.

– Meg... chuchotai-je, ne voulant pas réveiller John et Mark. (Elle gémit.) Meg, tu ne veux pas essayer de t'asseoir un peu ? Tu pourrais de nouveau étendre un peu les jambes.

– Je veux m'asseoir sur le bord du Zodiac, répondit-elle.

John ouvrit justement les yeux.

– Quoi ? demanda-t-il, inquiet.

– Tout va bien, John. Meg a juste besoin d'étendre un peu les jambes. Elle veut s'asseoir sur le bord.

John se précipita aussitôt pour l'aider à se relever. J'étais soulagée qu'il eût retrouvé un comportement normal vis-à-vis d'elle. Après tout, il n'allait peut-être pas si mal. Sa conduite irrationnelle n'avait sans doute été que passagère.

Une fois Meg assise contre le flanc du canot, elle déclara :

– J'ai réfléchi. J'ai décidé que si les gardes-côtes voulaient nous ramener chez ta mère en avion, je ne serais pas contre. Tout ce que je veux, c'est rentrer à la maison.

– On y ira tout droit, la rassura John.

– Normalement, je tiens pas tellement à prendre l'avion...

– Je sais, mais juste pour une fois...

– Ouais. Je veux dire, c'est probablement le meilleur moyen.

Brad s'était réveillé et les écoutait parler. Mark bougea à son tour et je me crispai, appréhendant la suite.

– Regardez, l'ouest est par là, fit Brad. On se dirige bien vers la côte. On finira forcément par s'y échouer.

– Et quand, à ton avis ? questionna Meg.

– Demain, après-demain peut-être.

– Je peux pas attendre de voir la gueule de ces fumiers de gardes-côtes quand on se pointera à leur putain de porte ! lança Mark.

– Tu crois qu'ils nous mettront dans un avion privé ou sur un vol régulier ? questionna Meg.

– J'arrive pas à croire qu'ils nous ont tout bonnement abandonnés ici, dis-je. Ils font jamais ça.

– Qu'est-ce que tu crois, John, un avion privé ou un vol régulier ?

– Arrête un peu de parler d'avions, répliqua John, impatient. J'en ai marre de t'entendre parler d'avions.

– Je me demandais juste...

– On prendra pas l'avion. Ça serait idiot. J'irai chercher la voiture, tout simplement.

– Mais il n'y a pas de voiture, John, lui dis-je.

– On est juste en face de Falmouth. Je sais exactement où se trouve la voiture, j'irai la récupérer. Les gars, vous vous occuperez d'amener le bateau au mouillage pendant que j'irai chercher la voiture. Après, on déchargera.

Il avait l'air si sûr de lui que je devais me faire violence pour ne pas me laisser emporter par son histoire. Eh, minute : et s'il avait raison et qu'on soit tout près de Falmouth ? Mais alors, pourquoi... Non, ça ne tenait pas debout, ce n'était pas possible. Fermant les yeux, je secouai la tête, tâchant de m'éclaircir les idées, de ne pas perdre le contact avec la réalité. Quand je rouvris les yeux, je vis John qui enjambait le bord du Zodiac pour descendre à l'eau.

– Mais qu'est-ce que tu fiches là ? cria-t-on, Brad et moi.

– Je reviens dans deux secondes, répondit John d'un ton parfaitement naturel.

– Et les requins ? fit Mark.

– John, si tu quittes le bateau, on n'arrivera peut-être pas à te récupérer, soulignai-je. Il fait presque nuit, tu ferais mieux de remonter tout de suite. (Je m'efforçais de garder une voix calme et égale, ne sachant pas ce que John avait en tête, ni ce qui risquait de précipiter le mouvement. Voulait-il simplement se réchauffer ou se croyait-il vraiment si près de chez lui ?)

– Je supporte plus tout ça, déclara-t-il. Je vais chercher la voiture.

On échangea des regards consternés, Brad et moi. John lâcha le bord du canot et se mit à nager. Il s'arrêta une minute, pédalant sur place pour garder la tête hors de l'eau, et se retourna pour nous regarder. Sans doute voulait-il nous faire une sale blague, pensai-je. Meg le suppliait de revenir, nous conjurait d'aller le rechercher.

– Je vais le rechercher ? me demanda Brad.

Je ne savais pas, j'étais incapable de réfléchir. Avait-il vraiment l'intention de partir à la nage ?

– J'y vais ou pas ? répéta Brad, paniqué.

John se retourna et s'éloigna du Zodiac à la nage.

– John ! s'écria Meg.

– Tu ne peux pas le suivre, Brad, dis-je.

Le ciel était déjà presque entièrement sombre. Il ne fallait pas compter forcer John à remonter dans le canot, ce serait même suicidaire d'essayer. Et si Brad le suivait et qu'on le perde, lui aussi ? Nous regardions tous John nager. Meg, les mains sur la bouche, hochait lentement la tête en sanglotant. John s'éleva avec une vague puis disparut, pour réapparaître plus loin.

– Alors, j'y vais ou pas ? redemanda Brad.

– Non, n'y va pas, répondit doucement Meg. Il n'y a plus de John.

Une grosse vague nous porta et j'aperçus à nouveau la tête de John, tache sombre sur la mer sombre. Et puis l'on entendit un cri terrible, à vous arracher les entrailles.

– Mon Dieu, il m'appelle, fit Meg qui fondit en larmes.

On scruta les eaux noires, espérant l'apercevoir. Mais Meg avait raison : il n'y avait plus de John.

9

Maintenant, nous n'étions plus que quatre. Je me laissai tomber comme une masse contre la paroi de caoutchouc et je pleurai, la tête sur les genoux. Impossible de m'enlever ce terrible cri de la tête. Il n'y avait plus que ce cri. Plus rien d'autre ne comptait, ni le clapotis de l'eau ni les claquements de dents. Plus rien. Pourrais-je jamais entendre autre chose que ce cri ? La seule façon d'y échapper serait de plonger, tête la première, pour le noyer, l'étouffer, le submerger, pour qu'enfin il quitte mon crâne assourdi.

Il fallait lui résister. Je repris le Notre Père. Notre Père qui... qui... qui... êtes aux cieux. Mark me regarda : j'avais dû le réciter tout haut. Qu'importe ? Les mots avaient du mal à sortir, mais ils me venaient quand même, refoulant le cri. Tant que je répéterais ces paroles, je saurais que je tenais le coup. C'était la seule chose qui me prouvait que je ne n'étais pas folle, que je n'avais pas perdu le nord, comme John.

A un moment donné, cette nuit-là, je proposai à Meg de venir s'asseoir près de moi. Elle me regarda d'un air si égaré que j'eus l'impression qu'elle ne savait pas qui j'étais. Elle semblait en état de choc. Je me glissai sous le taud, à l'avant du bateau. Brad était couché là, éveillé.

– Meg est vraiment mal en point, remarquai-je.

– Je sais.

– Si tu veux dormir, je veillerai sur toi.

Brad ferma les yeux, son visage se détendit. Je pensai à sa mère : elle avait dû le regarder dormir des centaines de fois quand il était petit. C'était sûrement le genre de mère à vous border soigneusement, à vous effleurer la joue en murmurant « dors bien » et des petits mots tendres.

Je repensai aux années passées à Fort Worth. Ma mère venait juste de divorcer – une fois de plus – et nous devions déménager. J'étais malheureuse comme les pierres : la grande bringue qui débarque en pleine année scolaire dans une autre école, en classe de première ; la nouvelle qui se donne un mal de chien pour se faire aimer de ses camarades. C'est cette année-là que j'ai pris du LSD pour la première fois.

Ma mère voyageait beaucoup et, en son absence, j'habitais généralement chez des amis de la famille que j'appelais Auntie Skeet et Uncle Jim et qui me traitaient comme une des leurs, bien que n'ayant pas de lien de parenté avec nous. Quand je faisais des bêtises, c'est-à-dire la plupart du temps, ils me corrigeaient comme si j'étais leur propre fille, Tisa, ma meilleure amie. J'avais le sentiment qu'ils m'aimaient aussi de la même manière. Je revoyais en pensée le visage ouvert d'Auntie Skeet, ses yeux pleins de bonté. J'entendais sa voix. Elle aussi, elle disait « dors bien » et des petits mots tendres.

Le Zodiac fit une soudaine embardée. Quelqu'un bougeait. Brad gémit et tourna la tête.

– Hé, ma petite dame. (C'était la voix de Mark. Je retins mon souffle.) Il serait temps qu'on s'envoie en l'air tous les deux, toi et moi ! (Il s'adressait à Meg.)

Brad ouvrit les yeux, il avait entendu.

– Mon Dieu, murmurai-je. Il faut faire quelque chose.

– Attends un peu. Voyons comment elle réagit.

On jeta un œil dehors, tentant de voir ce qui se passait. Meg était toujours recroquevillée dans son coin. Je vis Mark étendre le bras vers elle, lui toucher le visage, puis ses cheveux emmêlés. Elle se mit à pleurer. Mark retira brusquement la main :

– Oh, et puis va te faire foutre ! Va te faire foutre ! J'en ai ras-le-bol de ces petits jeux. Je repars au Seven-Eleven chercher des cigarettes.

A l'instant où nous émergions de sous le taud en rampant, Brad et moi, Mark se laissait glisser par-dessus bord.

– Mark, arrête ! cria Brad.

– Je m'en vais pas, répondit-il. Je vais juste rester là un petit moment pour me dégourdir les pattes. (Sa voix était empreinte d'une étrange sérénité.)

Je vis ses mains pâles se déplacer sur le côté du bateau, l'une après l'autre, en direction de l'avant. Il y avait une poignée métallique sur le devant du Zodiac, sans doute voulait-il s'y accrocher. Puis une terrible pensée me traversa l'esprit :

– Brad, il y a des renforts de ce côté-là ? Tu crois qu'il veut les arracher ?

On se précipita à l'avant pour voir ce que fabriquait Mark. Je me penchai à tribord mais ne le vis pas. Brad regarda à bâbord : pas trace de Mark. Là, je commençai à paniquer. Qu'est-ce qu'il manigançait ? Voulait-il nous faire chavirer ? Nous retourner ? Quelle bizarrerie allait-il encore inventer ? Qu'il s'attaque aux renforts et je le tuerais !

Brad me fit sursauter en plongeant la main dans l'eau et en la remontant, un petit baliste frétillant entre ses doigts.

– Je l'ai attrapé ! Il y en a tout un banc. J'en ai attrapé un.

Je n'en revenais pas : il avait pris un poisson à main nue.

– Et qu'est-ce qu'on en fait, maintenant ? demanda-t-il.

– On le nettoie et on le mange.

– Avec quoi ?

Je me rappelais avoir vu mon oncle vider un poisson en lui ouvrant le ventre d'un doigt.

– Donne-le-moi, lui dis-je.

Brad me le passa mais le poisson m'échappa et tomba au fond du canot. On se précipita tous les deux pour le reprendre, Brad le rattrapa et me le tendit. Enfonçant un doigt dans la blancheur molle de son ventre, je le vidai. Ayant rejeté par-dessus bord les intérieurs sanguinolents, j'offris à Brad le poisson encore palpitant.

– Vas-y, toi ! dit-il.

Portant le poisson à ma bouche, j'y mordis mais j'avais les mâchoires si douloureuses et les dents si sensibles que je ne parvins même pas à ouvrir la peau. Je repassai le poisson à Brad pour qu'il essaie, mais il n'y réussit pas non plus. Le poisson avait la peau dure et nous étions trop faibles. Brad, furieux, le rejeta par-dessus bord et je fondis en larmes. Avoir à manger et en être incapable…

Tout à coup, quelque chose cogna contre le Zodiac. On avait été si obnubilés par le poisson qu'on en avait oublié Mark !

– Qu'est-ce qu'il fiche encore ? m'écriai-je quand ça recommença à cogner. Mark, arrête de déconner !

– Mark !

On eut beau le chercher tout autour du bateau, on ne le vit nulle part. On chercha ses mains. Il jouait au plus fin. Le canot se mit à tourner sur lui-même. Il allait tous nous tuer, voilà ce qu'il tramait ! Dans le noir, je distinguai de gros remous à deux ou trois mètres à bâbord. Il y eut un autre choc et je sentis quelque chose qui bougeait sous le bateau, qui se tortillait contre le fond. Un autre coup nous projeta en avant.

C'étaient les requins qui attaquaient ! Je compris que j'allais mourir. Le temps s'arrêta. Cris frénétiques de Meg, panique dans le regard de Brad, frottement d'une peau rugueuse sous le fond du bateau. L'avant se soulevait, retombait. Le canot tournait comme une toupie. J'étais paralysée par la peur.

Brad m'attrapa et me plaqua au fond du Zodiac. On s'agrippa l'un à l'autre tandis que les requins continuaient leur furieuse attaque. Les coups fusaient de toute part. Ils savaient que nous étions dans le canot et ils voulaient nous en déloger. C'était insupportable – le raclement de la peau râpeuse, les coups, le bouillonnement de l'eau, les cris. Mon esprit se tailla la route vers un ailleurs sans requins, sans eaux tumultueuses, ni angoisses.

Quel effet ça ferait quand les mâchoires se refermeraient sur ma jambe ? Et si je ne mourais pas instantanément, que je survive assez longtemps pour les sentir m'arracher un morceau de chair, puis un autre ? Et si les requins dépeçaient Brad sous mes yeux ? Après tout, autant sauter à l'eau tout de suite, pour qu'on en finisse, non ? Mieux valait partir très vite que d'attendre couchés là à les écouter, à guetter la première fuite d'air et le ramollissement du caoutchouc qui se dégonfle, à sentir le fond du canot s'enfoncer dans l'eau sous notre poids. Impossible de supporter ça une minute de plus : l'attente, l'horreur absolue de la situation.

Je me serrai très fort contre Brad, triste à mourir. Voilà, c'était fini. Nul ne saurait jamais comment j'étais morte, comment je m'étais battue pour tenir, comment j'avais lutté de toutes mes forces. Et à quel point je tenais à la vie. Nul ne saurait jamais qu'au milieu de l'horreur j'avais entrevu quelque chose en moi qui m'était inconnu jusque-là. Je m'étais découvert de la force. Fermant les yeux, je priai, attendant la mort.

Le noir complet. L'eau qui claque contre le caoutchouc. Monter, descendre au gré des vagues. Quelque chose qui bouge sous le fond du bateau. Des requins. En fait, j'avais dû m'endormir alors même que les requins poursuivaient leur attaque. Et ils étaient toujours là. J'en sentis un qui repassait, qui cherchait, tâchant de découvrir quelque chair fraîche, une raison de s'attarder dans le coin.

Brad avait rouvert les yeux et écoutait lui aussi le choc des requins contre le Zodiac.

– Il faut que je m'asseye, déclara-t-il soudain, je peux plus rester couché là.

– Ils sont toujours là.

– J'en peux plus, souffla Brad. Mark…

– Je sais. Ils l'ont eu.

On se tut un moment, puis Brad reprit :

– Tu sais, il était marié.

– Sans blague !

– Ils étaient séparés. Ça le rendait très malheureux, expliqua Brad.

Meg appela John. Brad alla s'asseoir près d'elle. Je me sentis seule et abandonnée, à l'avant, puis j'eus honte d'éprouver de tels sentiments. Meg avait plus besoin que moi de la chaleur du corps de Brad. Un requin frôla lentement le canot, et une vague de nausée parcourut mon corps tremblant.

– Il est temps d'y aller, déclara soudain Meg. On y est, ajouta-t-elle d'un ton léger.

– Où ça ? questionna Brad.

– On y est. A la maison. Je rentre chez moi.

– Pas encore, Meg, dis-je. Il faut attendre encore un petit peu. Viens donc ici, on s'allongera tous ensemble pour se tenir chaud jusqu'à ce qu'on arrive.

Elle rampa vers moi sans avoir à se faire aider de Brad. Elle se mouvait facilement, presque avec grâce. Apparemment inconsciente des requins et des coups qu'ils portaient contre le Zodiac, elle s'étendit, s'étira de tout son long et soupira, comme pour lézarder tranquillement au soleil sur une plage. On se coucha de chaque côté d'elle, Brad et moi. Malgré toutes mes précautions pour ne pas heurter ses jambes, de peur de lui faire mal, les mouvements du bateau me poussèrent contre elle à plusieurs reprises. Curieusement, elle ne cria pas : elle semblait ne rien sentir.

Des heures s'écoulèrent ainsi. Et puis, je pris conscience que les requins n'étaient plus là. Les eaux s'étaient calmées. Je contemplai les étoiles, tâchant de reconnaître une planète ou une constellation pour avoir une idée de la direction dans laquelle nous dérivions, et à quelle vitesse. Mais impossible de me souvenir des repères, de la manière de relier les étoiles entre elles. Des choses que je savais, pourtant, telles la position de Vénus ou la forme de la Grande Ourse, semblaient s'être effacées de mon cerveau. Des portes se refermaient, une à une. L'engourdissement s'installait partout.

– Je suis prête. Allons-y maintenant, déclara Meg, esquissant le geste de se relever.

On la força à se recoucher, Brad et moi.

– Pas encore, Meg, objectai-je.

– Encore un petit moment, ajouta Brad.

Je fermai les yeux et un flot de couleurs et de lumières me submergea. Pourquoi voyais-je tellement plus de choses les yeux clos ? Des rafales d'images se succédaient à un rythme effréné sur l'écran noir de mon cerveau. Un enchaînement rapide de fragments – des gens, des lieux. Comme si on me faisait défiler un jeu de cartes sous les yeux, chaque carte représentant une scène de ma vie. Vite, plus vite, encore plus vite. Presque impossible de distinguer les images.

Ma mère en robe rose très habillée, un troupeau de bétail poussiéreux, des rats dans une réserve de grain, un grand pêcher, une horloge de grand-père au tic-tac régulier. L'odeur de cuir d'une selle. Relents de sueur, de gin, de vomi. Une voiture blanche qui dérape sur le verglas, une tablette de LSD, des graphiques tracés à la cocaïne sur un miroir brisé…

Une maigrichonne qui se croyait grosse, une gosse de riche qui se sentait malheureuse et défavorisée, une adolescente affamée qui s'était fait un ennemi de la nourriture, une gamine qui avait déjà beaucoup roulé sa bosse alors qu'elle aurait tant voulu rester à la maison. Ou plutôt, avoir une famille, un vrai chez-soi. C'était moi, ma vie, ce miracle de vie foutue en l'air. Mais je voulais encore d'autres cartes.

La voix de Brad, criant. J'avais dormi. Je tendis la main pour toucher Meg, elle n'était plus là. Ouvrant les yeux, je la vis juchée sur Brad : elle lui tapait dessus en grognant comme un chien enragé, lui jetant des algues à la figure. Brad l'invectivait, m'appelait. Quand j'arrivai près de Meg, elle se retourna et m'attaqua à mon tour. Je reculai et elle s'en prit de nouveau à Brad. « Meg ! » hurlai-je, en lui assenant une bonne gifle, mais elle ne lâchait toujours pas prise. Enfin, Brad la repoussa et elle tomba à la renverse contre l'arrière du bateau.

– Laisse-moi tranquille ! hurlait Brad, tout rouge et pantelant. Mais qu'est-ce qui lui prend ?

Je hochai la tête, surveillant Meg du coin de l'œil. De drôles de sons gutturaux lui sortaient maintenant de la gorge et elle frémissait de tout son corps.

– Tu crois qu'elle aussi, elle a bu de l'eau salée ? demandai-je.

– Je voulais seulement l'aider à se réchauffer, expliqua Brad, tremblant comme une feuille.

– Laisse-la, va, répondis-je. C'est sans doute ce qu'il y a de mieux à faire.

On reprit la position allongée, Brad et moi. Meg se calma et je finis pas m'endormir. En m'éveillant, un peu plus tard, je sentis un changement : l'impression d'engourdissement s'était dissipée, le brouillard que j'avais dans la tête s'était levé. J'avais la vue parfaitement claire, l'esprit très lucide. Je voyais les étoiles, la mer, les deux autres corps dans le bateau. Je sentais l'immensité d'un monde sans merci, la solitude, la peur, le froid, l'odeur des plaies infectées de Meg. Le ciel, pensai-je : concentre-toi sur le ciel, sur sa beauté.

Je savais que Meg allait bientôt mourir mais, Dieu me pardonne, ce serait un soulagement. Elle était le dernier maillon faible de la chaîne. Une fois Meg disparue, il ne resterait que Brad et moi. Nous pourrions repartir à la case départ, nous consacrer uniquement à la survie. C'est à ce moment-là que j'eus l'éclatante certitude que je n'allais pas mourir.

Rampant, je m'allongeai sous le taud à côté de Brad. Il avait les yeux ouverts.

– Tu crois que les requins sont partis ? demandai-je.

– Je ne sais pas, répondit-il, fermant les yeux.

– Ballottée par le roulis, l'eau répugnante qui croupissait au fond du canot menaçait à tout instant de lui recouvrir le visage. Je veillerais sur lui jusqu'à son réveil, pour être sûre qu'il ne se noie pas dans ce jus pourri.

Meg marmonnait. Je sortis de l'abri du taud pour aller voir ce qui se passait. Elle ne parut pas m'entendre quand je l'appelai.

– Meg, répétai-je plus fort. Ça va ?

Elle leva les mains au-dessus de la tête, les doigts voletant, décrivant des figures dans l'air à la manière d'une danseuse de flamenco. De drôles de mouvements, à la fois gracieux et dérangeants. Puis elle se remit à parler d'une voix monocorde, débitant des paroles aux étranges sonorités. Des mots incompréhensibles pour moi, mais qui semblaient avoir un sens pour elle. On eût dit qu'elle conversait avec une créature d'un autre monde. Je l'appelai encore une fois sans réussir à susciter la moindre réaction de sa part.

Étendant le bras sous le taud, j'attrapai la main de Brad et la secouai. Il se dressa sur son séant et on regarda Meg, tous les deux. Elle paraissait calme, maîtresse d'elle-même. Les mots coulaient de ses lèvres avec facilité, telle l'eau babillante d'un ruisseau en été. J'avais déjà entendu quelque chose de ce genre, je ne savais plus où.

– Qu'est-ce qu'elle raconte ? demanda Brad, les yeux ronds, stupéfait.

Je hochai la tête. Où avais-je déjà entendu ça ? Où donc ? Et puis, je revis un été torride, au Texas, sous un chapiteau sans air et rempli de rangées de chaises pliantes. Ma grand-mère Queenie était là et, moi, dans ma belle robe, je chantais « Amérique la Belle » devant tout le monde. Il y avait là un prédicateur. Une vieille femme aux avant-bras lourds et à la peau lisse se mit à parler fort, dans une langue que je n'avais jamais entendue. Tout le monde fit silence sous le chapiteau, se tournant pour regarder la femme.

Certains tendirent les bras vers le ciel, d'autres se mirent à pleurer. Effrayée, je m'accrochai à la main de ma grand-mère.

– Qu'est-ce qu'elle fait ? lui demandai-je.

– Mais, elle « parle en langues », ma petite, expliqua-t-elle. Loué soit le Seigneur !

– Elle « parle en langues », dis-je à Brad.

– Qu'est-ce que ça veut dire ?

– J'en sais rien.

Quoi qu'on pût faire ou dire, rien ne pouvait tirer Meg de son état. Les mots coulaient, ses mains dansaient, silhouettes ondoyantes découpées sur le ciel nocturne. Elle se mouvait librement et, apparemment, sans souffrance. Était-ce le langage des mourants, le dialogue qui se noue entre la créature et son créateur ? Spectacle fascinant et terrible tout à la fois.

Meg finit par cesser sa psalmodie et se coucha à plat sur le fond du Zodiac. Ses mains voletaient toujours, ses jambes continuaient à gigoter. Puis elle recommença de gémir comme sous l'effet d'une douleur revenue.

– Qu'est-ce qu'on peut faire ? demandai-je à Brad, étouffant mes larmes. Je crois qu'elle va mourir.

– On ne peut rien faire.

Elle geignit pendant quelques minutes encore avant de tomber dans le silence. Ses yeux ouverts devinrent fixes. Son corps roula, ballotté par l'eau sale au fond du bateau.

Je m'éveillai, le soleil sur le visage. Assis à mes côtés, Brad avait les yeux rivés sur Meg. Meg au corps déjà raidi, à la peau constellée de bleus tentaculaires et creusée de grosses plaies, dont certaines devaient faire près de dix centimètres de large. Autour des entailles les plus profondes, très enflammées, la chair avait raidi et tourné au verdâtre.

– Elle est morte ? demandai-je, bien que connaissant la réponse.

Brad resta muet. Je me penchai sur le visage de Meg pour guetter un souffle, lui pris le poignet en quête du pouls. Rien.

Plaçant ma bouche sur la sienne, je soufflai pour tenter de lui insuffler de la vie.

– Elle est morte, Deb, lâcha Brad. Ça fait des heures qu'elle est morte.

– Oh, mon Dieu !

Bon sang ! avais-je envie de crier. Qu'est-ce que vous avez tous à mourir autour de moi, nom d'un chien ! Le corps de Meg bougea, animé par le roulis.

– Qu'est-ce qu'on va faire ? fit Brad en me regardant, les yeux humides.

– Je sais pas. Je crois qu'il vaudrait mieux pas la garder trop longtemps dans le bateau. Qu'est-ce que t'en penses ?

– Je crois pas qu'on pourrait la manger, même si on le voulait. Elle est trop… Je veux dire, avec les plaies et tout…

Il n'y avait rien à dire. J'étais comme anesthésiée. Je n'avais même pas la force de pleurer. Je fermai les yeux. Il fallait que je réfléchisse une minute. Je pris conscience du soleil sur ma peau : c'était la première fois depuis le naufrage que je ne claquais pas des dents. Le Zodiac chevauchait la forte houle avec facilité. J'ouvris les yeux.

– Je crois qu'il va falloir la passer par-dessus bord, repris-je. L'idée ne me plaît guère mais…

– Qu'est-ce qu'on peut faire d'autre ?

– On devrait prendre ses bijoux et ses trucs personnels pour sa famille.

– Et sa chemise. On risque d'en avoir besoin si on s'éternise par ici.

On resta un moment immobiles avant de commencer à dépouiller le corps de Meg. Je lui enlevai ses boucles d'oreilles, Brad défit sa chaîne d'or. Puis on essaya tous les deux d'enlever les bagues de ses doigts gonflés.

– Celle-là, je peux pas la retirer, fit Brad.

– Essaie encore, répondis-je, parvenant à enlever celle qu'elle portait à la main gauche.

– Je peux pas.

– Allons, grouille ! répliquai-je, impatiente.

J'avais mal au cœur, je voulais en finir. Je déboutonnai la chemise de Meg. Brad m'aida à la lui enlever. Elle était morte sans raison, elle n'aurait même pas dû se trouver à bord. C'était John qui l'avait entraînée dans cette histoire.

– Allez, on y va, fit Brad.

– On devrait dire une prière ou quelque chose, on ne peut pas simplement la jeter à l'eau.

– Eh bien, dis quelque chose.

Je pris une profonde inspiration : « Le Seigneur est mon berger, rien ne saurait me manquer. »

Je m'arrêtai mais Brad m'effleura la main et je continuai, plus fort. On récita le Notre Père ensemble. Ensuite, on prit le corps de Meg et on l'étendit sur le bord du Zodiac avant de le pousser à la mer. Le corps tomba et partit à la dérive, face contre mer.

– Ne regarde pas, dis-je. Il y a peut-être des requins dans le coin.

On s'allongea tous les deux, les yeux fermés. J'appréhendais les bruits qu'on risquait d'entendre. J'avais l'impression d'avoir commis un acte terrible, impardonnable. Mais qu'aurions-nous pu faire d'autre ?

Quand ma tante Ann mourut accidentellement – sa voiture ayant été happée par un train –, je me souviens d'avoir entendu des gens de ma famille raconter que la mort frappe toujours par trois. Or, ce fut peu après que Charles, un autre parent, se fit électrocuter et qu'un ami de la famille succomba à un cancer. « Brad… », commençai-je. Mais je m'empêchai de poursuivre : il allait penser que j'étais devenue folle.

10

– Il y a quelqu'un qui sait faire de la voile, ici ? Levez la main.

– Moi, je sais, moi ! (Je lève la main, je mens.)

– Très bien, Debbie, dit la monitrice. Betsy et toi, vous prendrez le premier Sunfish au bout de la jetée. Et ne vous éloignez pas du camp !

J'éloigne le bateau en poussant contre la jetée et j'attrape la barre. Il souffle un vent chaud, lourd de l'odeur verte et musquée de l'eau du lac. La voile se gonfle, on décolle. La jetée du camp devient de plus en plus petite. Un amoncellement de gros nuages noirs cache le soleil. Je ne sais pas faire virer le bateau pour rentrer et Betsy fond en larmes.

On aperçoit deux filles sur le rivage et l'on se met à crier toutes les deux. Le bateau prend de plus en plus de vitesse. Je ne peux pas lâcher l'écoute. Les filles repartent en direction des bois.

– Elles nous ont pas vues, pleurniche Betsy, on va mourir !

– Mais appelle donc au secours, Betsy, HURLE !

– Debbie, réveille-toi ! Debbie !

C'était Brad qui me secouait.

– J'ai rêvé de mon camp de vacances, de la première fois où j'ai fait de la voile. On s'est perdues et il y a eu une tempête. Personne ne savait où on était, personne ne pouvait nous voir. C'était épouvantable.

– Moi aussi, j'en ai fait des rêves de ce genre, dit doucement Brad.

Brusquement, il se pencha par-dessus bord et fit le geste de vomir, mais rien ne vint. Il retomba en arrière, s'affalant lourdement.

– Ça va ?

– Je sais pas. Ça fait un moment que ça dure.

De nouveau, il se plia en deux et fit mine de vomir. Mon Dieu, Brad va mourir ! Non. Surtout ne pas penser à des choses pareilles. Se concentrer sur autre chose, n'importe quoi. On va se battre tous les deux. Il ne mourra pas. On va se tenir les coudes.

– On devrait rincer le bateau, proposai-je.

– Je peux pas.

– Mais bien sûr que si.

– Il faut que je reste assis tranquille un moment.

– Tu te sentiras déjà mieux si le canot est plus propre. C'est probablement l'odeur qui te rend malade. Et le soleil ne fait qu'aggraver la puanteur.

– Non, pas question.

– Ça ne te gêne pas de rester assis dans cette eau où a mariné le cadavre de Meg ?

– J'ai pas envie qu'on rince le bateau tout de suite. Je tiens pas à me mettre à l'eau, on vient à peine de jeter Meg par-dessus bord. Laisse-moi tranquille, je ne me sens pas bien. Je crois que je vais mourir.

– Ne dis pas ça, protestai-je. Tu ne vas pas mourir. Allez viens, retournons-le tout de suite, ce canot.

– Et les requins ?

– Ça fait des heures qu'on n'en a pas vu. S'il y en avait, tu crois pas qu'ils se seraient jetés sur Meg ? Si tu veux, je peux mettre la tête sous l'eau pour regarder. Tiens-moi par les jambes.

– Non.

– Mais tiens-moi par les jambes !

Brad se rapprocha de moi.

– Si tu me vois gigoter, tu me remontes en quatrième vitesse, d'accord ?

Je me penchai par-dessus bord et, Brad me tenant par les jambes, je mis la tête sous l'eau et j'ouvris les yeux. Le sel piquait mais je ne tardai pas à y voir clair. Regardant sous le bateau, je sursautai à la vue d'un gros poisson qui se dirigeait vers moi – pas un requin, heureusement ! Tout de courbes opalescentes, il glissait tel un éclair d'argent illuminant les eaux bleues de reflets irisés. J'en découvris un autre, puis un autre encore. Je les reconnaissais : c'étaient des daurades, un des poissons les plus délicieux qu'on pût trouver. Il y en avait tout un banc qui défilait sous mes yeux : je n'avais jamais rien vu de si beau, de si parfait, de si gracieux. Je gigotai pour que Brad me remonte.

– Il y a un banc de daurades là-dessous, lui dis-je. Elles sont incroyables, on dirait des arcs-en-ciel. Il faut que t'ailles voir, je te tiendrai par les jambes.

– J'ai pas envie, répliqua Brad.

– Mais elles sont fantastiques…

– Écoute, s'il faut rincer le Zodiac, autant se débarrasser tout de suite de la corvée.

Je me laissai glisser à l'eau. Quand je refis surface, Brad arrivait par une roulade arrière depuis le bord du canot. Je saisis la main courante en synthétique, Brad plongea sous le canot qu'il poussa vers le haut. Mais j'eus beau tirer sur la corde, le bateau ne venait pas. La manœuvre n'était pas aussi facile que quelques jours plus tôt. Aurions-nous assez de force pour le retourner ? Brad envoya un grand coup dans le bateau qui retomba à l'envers. Me glissant dessous, j'essayai de nettoyer les lattes du plancher en les éclaboussant d'eau. Je nous revis alors, la première nuit, tous les cinq en sandwich là-dessous. Comment se pouvait-il qu'ils fussent tous morts ? Replongeant sous l'eau, j'ouvris les yeux : j'aperçus les daurades qui étaient déjà loin et je m'en voulus de les avoir fait fuir en les effrayant. J'aurais bien aimé qu'elles restent près de nous, ça me paraissait important de les avoir dans les parages.

– C'est bon ! lançai-je à Brad en émergeant de l'eau. On peut le retourner.

Brad souleva son côté du Zodiac tandis que je tirais de l'autre. Mais on eut beau répéter la manœuvre des quantités de fois et en changeant d'angle, impossible de le retourner dans le bon sens. Nous n'avions ni l'un ni l'autre la force de le redresser.

– C'est toi qui as eu l'idée, me reprocha Brad avec colère. Si ça se trouve, on va pas pouvoir le remettre à flot.

Je fondis en larmes.

– Ah non ! protesta Brad. Démerde-toi plutôt pour nous trouver un moyen de remonter dedans !

On refit de multiples tentatives. Enfin, je poussai le côté sous le vent, Brad soulevant le côté au vent, et le Zodiac se retourna tout d'un coup, me retombant sur la tête. Je tendis le bras en l'air pour attraper la main courante et m'y agrippai, pressant ma joue contre le caoutchouc dur.

– Monte, fit Brad.

Je saisis la corde et Brad me poussa par-derrière. A force de tirer et de me tortiller en ahanant, je parvins finalement à grimper par-dessus bord et à réintégrer le bateau. Brad attrapa la main courante à son tour et essaya de s'en aider pour se hisser à bord, mais il ne réussit pas à monter assez haut. Je tentai de le tirer par les bras mais il était trop lourd pour moi, je n'arrivais pas à le faire bouger d'un pouce. On refit de nombreux essais, en vain. Je commençais à paniquer. Et si les requins revenaient et que Brad ne puisse pas remonter à temps ? Et s'il était vraiment incapable de remonter à bord ? J'avais beau tirer de toutes mes forces, Brad me glissait entre les mains et retombait à l'eau. Je m'effondrai, en larmes.

– Debbie, arrête ! Il faut que tu m'aides.

J'étais secouée de sanglots. Pourquoi fallait-il que je fasse tout ? Je ne pouvais pas tout faire.

– Mais bon Dieu, aide-moi ! hurla Brad.

Je répliquai en criant encore plus fort que lui. Je m'en voulais d'avoir fait sortir Brad du bateau, et je lui en voulais de ne pas pouvoir remonter. Allons, recommençons. Je m'étendis en travers du canot, Brad s'agrippa au côté et je l'attrapai par les coulants de ceinture de son jean. Hurlant, je tirai de toutes mes forces jusqu'à ce que Brad passe enfin par-dessus bord et s'affale au fond du canot. Il y resta étendu de tout son long, haletant. Je retombai contre l'arrière.

– Merde, lâcha-t-il d'une voix faible avant de rouler sur le côté pour vomir.

J'étais consternée de le voir dans cet état-là, lui qui avait été ma force, mon stabilisateur. J'avais lié ma vie à la sienne, ma survie à la sienne. Et où en serais-je s'il mourait ? Je m'en voulus amèrement de m'être appuyée sur lui. Sa mort m'affaiblirait d'autant, me rendrait plus vulnérable encore.

– Je vais pas m'en tirer, fit Brad.

– Ne dis pas ça. T'as pas le droit.

On se tut pendant un long moment. Le bateau dansait doucement sur la houle légère, le soleil jouait sur l'eau. Le monde se riait de nous, tout à sa beauté bleue.

– On pourrait peut-être prendre un poisson, suggéra Brad.

– Oui, bien sûr.

– Et d'ici quelques jours, on échouera sur une plage et, même si on a perdu connaissance, quelqu'un nous retrouvera et nous fera hospitaliser.

Brad fut saisi d'un haut-le-cœur et se remit à vomir. Ah non, je t'en prie, toi, là-haut, pas Brad ! Sa sœur ne me le pardonnerait jamais. Non, mon Dieu, ne fais pas ça !

– T'en fais pas, Brad, tout va bien. Ton corps a besoin de se vider pour se nettoyer. C'est bien, c'est bon signe.

– Tu crois ?

– J'en suis convaincue.

– Et si on attrapait du poisson…

– Certainement. Il y en a partout, maintenant. Ils sont venus pour nous. On va en attraper, je sais les vider et on en mangera. Les daurades, c'est pas très dur comme poisson, tu sais. J'en ai pêché à Saint-Thomas. C'est tendre, avec une chair douce. Quand on en aura pris une, on fera des parts et on se nourrira de ça. Et puis, au besoin, on en attrapera une autre et ainsi de suite jusqu'à ce qu'on s'échoue et que quelqu'un nous retrouve…

– Debbie…

– … parce que je suis sûre qu'on se dirige vers l'ouest et qu'on va…

– Debbie…

– … ouais, ça peut paraître dingue, mais on ne sait jamais, on pourrait aussi bien voir la terre, disons, dans la minute qui vient ou…

– Debbie : il y a un bateau.

Il disait ça si tranquillement que je crus qu'il hallucinait.

– Il y a un bateau, répéta-t-il.

Je me retournai. C'était vrai : j'aperçus un gros bateau là-bas, à l'horizon bleu et flou. Mais impossible de distinguer dans quel sens il se dirigeait. Ça va faire comme les autres, pensai-je. Il est trop loin, il passera sans nous voir.

– Ne gaspille pas tes forces, dis-je, il va jamais nous voir.

Mais le navire grossissait peu à peu, et grossissait encore. Je n'en croyais pas mes yeux. Il se rapprochait de plus en plus. Je me levai d'un bond et me mis à pousser des cris en faisant de grands signes et en gesticulant si fort que je retombai au fond du canot. Et impossible de me relever. Nous étions couchés au fond du Zodiac, Brad et moi, incapables de faire quoi que ce soit pour attirer l'attention du navire. Impuissants, réduits à le regarder nous passer sous le nez.

Le navire passa, si près qu'on nous aurait entendus crier depuis le pont, si nous avions pu crier. Mais nous étions incapables d'appeler ou de faire quoi que ce soit. Finalement, ça ne devait être qu'un spectre de métal gris, un mirage couvert de bernacles, le fruit de mon imagination désespérée... Comment aurait-il pu en être autrement ?

– Il nous dépasse, fit Brad.

C'est alors que la réalité du navire me frappa enfin : mais si, il était bien réel ! Réel et si proche de nous, et pourtant il allait nous rater ! Il continuait à glisser sous nos yeux et, bientôt, on n'en vit plus que l'arrière.

– Au moins, on sait qu'on se trouve toujours sur le trajet des bateaux, dis-je à Brad en luttant contre le désespoir.

– On en verra peut-être encore un autre aujourd'hui.

– Il y en a forcément un qui nous repérera tôt ou tard, renchéris-je.

Je m'assis, regardant le navire s'éloigner. Quand, lentement, il sembla amorcer un changement de cap.

– Brad ! m'écriai-je.

Il avait fermé les yeux.

– Hmm ?

– Regarde !

Brad se leva. M'étais-je trompée, le bateau continuait-il de s'éloigner ? Non : il était bel et bien en train de virer ! Il présentait maintenant son côté bâbord. Je distinguais son nom sur la coque rouillée, écrit dans une langue étrangère. Le navire avait viré.

– Je crois qu'il revient, dis-je.

Incroyable. Nous avait-on repérés ? Je n'osais y croire. Pourtant, le navire rebroussait bien chemin, grâce au ciel. Il avait effectué un demi-tour et son étrave pointait maintenant vers nous. A mesure qu'il se rapprochait, je discernai des gens qui couraient sur le pont.

– Brad, fis-je en me levant.

– Je les vois, confirma-t-il.

On se mit alors à bondir, à gesticuler et à crier tandis que le navire repassait à tribord du Zodiac. Nous ayant dépassés, il amorça un nouveau virage d'une lenteur insupportable et repassa devant nous à tribord. Et cette fois, je vis un marin nous jeter un filin qui, hélas, tomba trop loin. Impossible de l'attraper d'où nous étions.

– Qu'est-ce que tu crois qu'ils veulent qu'on fasse ?

– Difficile à dire, répondit Brad.

– Tu crois qu'on devrait nager pour l'attraper ?

– Non, on n'y arrivera pas, ils vont trop vite.

– Attendons qu'ils repassent, ils pourront peut-être se rapprocher un peu.

Le navire décrivit un autre grand cercle autour de nous et s'approcha à une cinquantaine de mètres du Zodiac. On nous jeta un deuxième filin, plus long que le premier et au bout duquel était attachée une bouée de sauvetage blanche.

– Je crois qu'ils veulent qu'on nage pour l'attraper, suggéra Brad.

Le bateau repassa devant nous. On apercevait les deux filins à l'eau, à une douzaine de mètres du canot, pas plus. Une chance à saisir ! Bon, il fallait y aller. M'étant remise sur mes pieds, je passai par-dessus bord. Et je nageai, je nageai, puisant l'énergie dans un réservoir de force insoupçonnée, cachée au plus profond de mon être. Douze mètres qui parurent douze kilomètres. Le courant m'entraînait à l'opposé du filin. Voyant la bouée se rapprocher à toute allure, je battis des jambes encore plus fort : j'avais une chance de l'attraper.

Tendant les bras pour saisir la bouée, je ratai l'anneau de mousse dure mais je pus saisir le filin que j'empoignai et, avec lui, la vie. Un instant, je faillis lâcher prise, je sentis la brûlure des fibres rêches sur ma peau. Réussissant à prendre le cordage à deux mains, je me cramponnai malgré les vagues qui voulaient me happer. Je refis surface à coups de pied, juste le temps d'emplir mes poumons d'air avant d'être de nouveau entraînée sous l'eau par la vitesse du filin. Mes mains glissèrent encore une fois mais furent arrêtées par la bouée que je pris à bras-le-corps. Je me laissai porter, priant en moi-même.

Mais où était Brad ? J'aurais dû l'attendre. Et les requins ?

Je n'étais qu'un vulgaire appât au bout d'un hameçon. Pourquoi ne pas avoir attendu sur le Zodiac ? Une autre vague me submergea : je manquais d'air, j'avais de l'eau dans le nez, dans la bouche. Ça y est, je me noie. Bon sang, où est Brad ? Tiens bon, tiens bon ! La tension du filin se relâcha un brin et j'émergeai brusquement. Je cherchai Brad des yeux mais le filin se retendit, me happant de nouveau sous l'eau.

Quelque chose qui me cogne, très fort. Les poumons sur le point d'éclater, je donne des coups de pied pour remonter. Et puis je sens Brad à mes côtés. Il s'accroche à ma taille et on refait surface ensemble, avides d'air.

– J'ai la bouée autour de la taille ! crie Brad. Tu peux lâcher le filin, je te tiens bon.

J'ai beau essayer d'ouvrir les doigts, ils sont coincés, soudés au dur cordage. Brad pédale dans l'eau sans relâche pour nous faire surnager, tous les deux. De ma main libre, j'enlève mes doigts crispés sur le filin, faisant naître une douleur fulgurante dans les bras. Je réussis malgré tout à me saisir de la bouée, face à Brad. Mais le filin, un instant relâché, se tend et nous entraîne sous l'eau.

Je sens quelque chose de rugueux m'érafler le côté. C'est la coque du bateau, je m'en aperçois en refaisant surface. Elle s'élève et retombe au gré des vagues, et nous sommes aspirés dessous par la force du ressac. Les bernacles me déchirent la peau. Nous allons être écrasés par le navire ! Mais, brusquement, on s'écarte de la coque : quelqu'un doit remonter le filin. La coque s'élève de nouveau, nous submergeant momentanément. Je bats des pieds et des mains pour éviter d'être plaquée contre elle mais ne peux résister à la puissante aspiration que crée le navire en avançant.

Nous sommes tantôt projetés contre la coque, tantôt rejetés à distance, tantôt sous l'eau et sous le bateau, tantôt à l'air libre. Mais je sens bien malgré tout que, lentement, on nous ramène peu à peu vers le navire. A la faveur d'un moment où nous émergeons, je vois une passerelle qui descend et une douzaine d'hommes qui s'affairent autour pour essayer de la placer au bon endroit. A peine deux ou trois mètres encore, et nous y serons. La vague suivante nous plaque de nouveau contre la coque, nous raclant contre les bernacles. Quand elle nous rejette à l'air libre, près de la passerelle, je tends le bras pour attraper la main d'un marin mais je la rate. La vague suivante nous rejette contre la coque. J'attends le ressac qui nous renverra dehors, mais rien ne vient. Je manque d'air. Je sens quelqu'un tirer sur la corde à petits coups secs, comme si nous étions coincés et qu'on cherche à nous dégager. Je pousse, jouant des jambes, et Brad aussi. De l'air ! J'ai besoin d'air ! Je me noie mais je suis trop faible pour continuer à me battre.

Une main m'empoigne le bras, me hisse hors de l'eau, me tire sur le dur métal à claire-voie de la passerelle. Mais une vague s'abat sur moi : je suis retombée à l'eau. Oh non ! Non ! Des mains me rattrapent, me portent. Cherchant Brad des yeux, je vois qu'on le remonte lui aussi par la passerelle. On nous couche sur le pont. Haletant, toussant, suffoquant, nous sommes entourés d'hommes aux larges figures rubicondes et à l'air sidéré qui parlent une langue que je ne reconnais pas. Qu'importe ce qu'ils racontent, ils peuvent être des Martiens que ça ne me gêne pas. Brad et moi sommes en vie ! Sauvés.

Le cercle s'ouvre : deux femmes d'âge mûr et bien en chair, petit chignon serré sur la nuque, s'agenouillent près de moi et entreprennent de me déshabiller. M'ayant enveloppée dans une couverture, elles font signe aux hommes de me porter. On nous emmène alors dans une autre partie du bateau qui ressemble à une infirmerie, et l'on nous installe chacun dans une chambre. Mais c'est insupportable d'être séparée de Brad. Dès qu'on m'a couchée sur une civière, je me mets à hurler son nom. Je l'entends qui m'appelle lui aussi. Des hommes arrivent alors à mon chevet, l'un d'eux portant un stéthoscope autour du cou.

– Parlez-vous anglais ? je lui demande.

Ma question reste sans réponse. Ils parlent une langue lourde, épaisse et gutturale. Le grec, je me dis. Ou le turc. Non, ils ont la peau trop claire. Celui qui semble être médecin repart. J'essaie mon français et mon espagnol scolaires sur les autres, mais ils se bornent à ouvrir de grands yeux en haussant les épaules. Le médecin revient porteur d'une énorme seringue hypodermique remplie d'un liquide transparent. Je le regarde lever la seringue puis la tapoter d'une chiquenaude. Mon Dieu, que va me faire ce type-là ?

– Qui êtes-vous ? répété-je. D'où venez-vous ?

Ils se regardent, échangent quelques mots. Le médecin, qui semble avoir compris ma question, s'adresse à moi. Je perçois quelques sons relativement familiers : le rythme des phrases, les consonnes gutturales me rappellent des dialogues de films vus à la télévision. Mais bien sûr, ce sont des Russes ! Nous avons été sauvés par un bateau soviétique ! Ma première pensée est que je vais me retrouver en Union soviétique et que nul ne saura jamais ce qui m'est arrivé [1]. Et puis, après tout, quelle importance, puisque j'ai la vie sauve !

Le médecin me fait une injection. Je sens mon corps se détendre avant même qu'il ait retiré l'aiguille. Les deux femmes reviennent. Ayant discuté avec le médecin, elles me soulèvent pour me porter dans une salle de bains où attend une baignoire pleine qui dégage une odeur médicinale. A peine ma jambe touche-t-elle l'eau que je pousse un cri : elles veulent m'ébouillanter ! Je me débats comme un beau diable, appelant Brad à l'aide, tandis qu'elles font une nouvelle tentative pour me plonger dans le bain fumant. Finalement, elles y renoncent et me remettent sur la civière.

La fatigue prenant le dessus, mon corps devient mou comme une chiffe. Immobile, je reste détachée et sans réaction tandis que les deux femmes, le geste doux, appliquent

1. L'action se déroulant en 1982, la guerre froide est encore à l'ordre du jour, ce qui explique la tonalité de certains propos de l'auteur. *(NdT)*

une pommade bleu-vert sur les plaies causées par l'eau de mer. L'une d'elles me pique une aiguille dans le bras gauche pour me mettre sous perfusion. Tout me semble lointain et irréel, comme si je les regardais soigner quelqu'un d'autre. Je lis tant de bonté et de gentillesse dans ces visages penchés sur moi que j'ai les larmes aux yeux. Dire qu'à force de guerre froide, nous avions si peur des Russes ! Et que, ironie des choses, je leur dois la vie sauve !

Quand les deux femmes ont fini de nettoyer mes plaies, l'une d'elles me caresse le visage en souriant. Elle ferme les yeux, et je comprends qu'elle me conseille de dormir.

Je me réveille en nage, tentant d'arracher l'aiguille que j'ai au bras. Où suis-je ? Pas la moindre idée. Ce lit dur, ces murs caca d'oie. Un rêve, bien sûr. Dans une seconde, le rideau se lèvera et je me retrouverai dans le Zodiac.

Pourtant, ces femmes qui me regardent, cette tasse blanche émaillée et fumante, ça paraît très réel. Je prends la tasse et j'avale une gorgée de liquide brûlant : du café, arrosé d'un alcool fort, de la vodka peut-être. Impossible de le boire. L'une des femmes part pour revenir avec quelque chose qui ressemble à de la glace. Je suis tout aussi incapable de l'avaler. Arrive alors un petit homme au nez épaté et aux cheveux noirs. Ils confèrent un moment tous les trois avant de se retourner vers moi.

Le petit homme prend la parole.

– Vous… bateau ?

– Oui, bateau à voile, répondis-je. Du Maine.

– Pas autre ?

– Coulé dans une tempête. Les hublots ont cassé. Le bateau s'appelait le *Trashman*. Le *Trashman*. (Ils avaient l'air de n'y rien comprendre, tous les trois.)

– Coulé, au fond, répétai-je, joignant le geste à la parole.

– Ah ! Deux gens ?

– Cinq, je réponds en confirmant avec les cinq doigts de la main bien écartés. Cinq personnes.

L'homme dit quelques mots aux femmes qui hochent tristement la tête. Puis ils sortent tous ensemble et je sombre dans un profond sommeil.

Je suis réveillée par l'arrivée du médecin et d'un jeune marin blond qui, ensemble, réussissent à m'apprendre qu'ils ont pris contact avec les gardes-côtes américains.

– Grosse surprise, commente le médecin, le *Trashman.*

– Certainement, je lui réponds.

– Petit peu problème. Eaux d'Amérique. Mais maintenant tout O.K.

Ils me font peu à peu comprendre qu'un rendez-vous est prévu avec une vedette des gardes-côtes. La nouvelle m'attriste : je n'ai pas envie de quitter mes nouveaux amis russes pour les gardes-côtes américains. Je suis bien trop épuisée pour aller où que ce soit. Pourquoi ne puis-je pas simplement rester là où je me trouve ? Le médecin me fait une autre piqûre en me conseillant de dormir. Des rivières de chaleur me coulent dans le corps, puis tout s'assombrit.

On s'active autour de moi. Les deux femmes me font enfiler un pyjama vert, genre hôpital. J'interroge le médecin du regard.

– Gardes-côtes, répond-il.

Mais je ne veux pas bouger. Pour bouger, il faut de la force, il faut penser. Non, merci. Je ne veux pas avoir affaire aux gardes-côtes. Ils nous questionneraient à n'en plus finir. Sans compter que des questions, j'en ai des tas à leur poser, moi aussi. Je repense à Meg, à John et à Mark. Quel absurde gâchis ! Trois morts en moins de cinq jours. Si seulement ils avaient tenu un peu plus longtemps…

Des marins rentrent dans la chambre et me soulèvent pour m'emmener.

– Vous partir, maintenant, m'annonce le médecin en souriant.

Arrivée sur le pont, je vois briller les feux puissants d'une vedette des gardes-côtes. Ah, comme je les avais appelées de mes vœux, ces lumières, cinq jours plus tôt ! Brad aussi est là, il a réussi à marcher tout seul. Prise d'une profonde tristesse, je fonds en larmes. Les Soviétiques me confient à quatre marins américains. Mais je ne veux pas partir avec eux : j'ai le sentiment qu'eux – les gardes-côtes – m'ont abandonnée, laissée mourir.

– Attendez !

Je veux qu'on m'accorde encore une minute avec ceux qui m'ont sauvé la vie, qu'on me laisse leur dire deux mots. Les marins continuent d'avancer vers la vedette.

– Arrêtez-vous donc !

Ils s'exécutent. J'enlève la chaînette d'or et la croix que je porte autour du cou : je veux en faire cadeau aux Russes. Je n'ai pas d'autre moyen de les remercier et je tiens à leur laisser une petite part de moi.

Le médecin refuse mais je lui prends la main et j'y dépose la chaîne.

– Madame, il faut vraiment qu'on y aille, me dit l'un des gardes-côtes. On ne peut pas dépasser le temps imparti pour ce transfert.

Je refoule mes larmes tandis qu'on nous amène à bord du bateau américain, Brad et moi. Mais j'éclate en sanglots quand la vedette des gardes-côtes s'éloigne du cargo russe.

Le voyage de retour paraît incroyablement bref. Très vite, nous sommes à quai et les marins me portent hors du bateau. Sous un feu roulant de flashes et de questions de reporters, on nous emmène, Brad et moi, vers les deux ambulances qui attendent là. Il fait une chaleur moite, il y a des halos autour des réverbères. Jamais je n'oublierai cet instant, pensé-je, tandis qu'on m'installe à l'arrière de l'ambulance.

– Qu'est-ce qui est arrivé aux autres ? Ils sont morts ? crie une femme dans la foule. Puis les portes claquent et la plainte aiguë de la sirène déchire la nuit.

ÉPILOGUE

On passa huit jours à l'hôpital, Brad et moi, au Carteret General Hospital de Morehead City, en Caroline du Nord, où l'on nous traita pour exposition prolongée aux intempéries, déshydratation avancée et infections multiples. Le jour de la sortie, on alla déjeuner avec ma mère, celle de Brad, et Peter, le frère de Brad. Cela avait un petit côté surréaliste de se retrouver ainsi au restaurant à étudier le menu, à voir la serveuse s'efforcer de ne pas me dévisager malgré les vilaines croûtes qui couvraient ma peau, à entendre ma mère faire la conversation aux Cavanagh. J'avais envie de hurler.

A peu près à mi-repas, Brad, qui avait énormément maigri, déclara qu'il ne pouvait plus supporter de rester assis sur le banc de bois dur, cela lui faisait trop mal. Tout le monde partit en voiture jusqu'au front de mer, à Beaufort. On alla se promener sur la jetée, Brad et moi, pendant que nos familles s'attardaient derrière. On resta là, debout, à contempler ensemble les eaux bleues et tranquilles de l'océan étincelant. Et je fondis en larmes.

Dans l'après-midi, Brad repartit pour le Massachusetts avec les siens, et moi pour La Nouvelle-Orléans avec ma mère. C'était bizarre et déroutant d'être séparée de Brad mais j'en éprouvais aussi un grand soulagement, comme si l'on m'avait détachée d'un frère siamois.

Naturellement, j'ai essayé de me remettre à la voile. D'ailleurs, qu'aurais-je fait d'autre ? C'était ma passion, c'était mon boulot, ma vie. De plus, je voulais me persuader que j'étais forte, et j'étais convaincue que quelqu'un de fort repartirait en mer aussi vite que possible. C'est ainsi qu'un peu plus d'un mois après notre sauvetage, je repris du service comme cuisinière et équipière à bord du *Shambala*, un Swan 65 qui assurait le soutien logistique du *Nirvana*, un des maxi-voiliers engagés dans le SORC *(Southern Ocean Racing Circuit)* et basé à Fort Lauderdale.

Apparemment, tout le monde était au courant du naufrage du *Trashman*. J'avais parfois envie de me balader avec une affiche autour du cou, disant : « Oui, c'est bien moi, Debbie Scaling. » Si le naufrage avait fait tant de bruit dans le petit monde de la navigation de plaisance, c'est que beaucoup pensaient que cela aurait pu leur arriver. Après tout, ce n'était que de la routine d'aller livrer un yacht alors que la météo s'annonçait bonne – à en croire les prévisions –, que le voilier était excellent et l'équipage relativement expérimenté. Je fis la connaissance de Morris Newberger en Floride. Il se montra compréhensif et désireux de m'aider, mais je fus incapable de lui parler, c'était trop douloureux. Je sortis de son hôtel en larmes.

Certains plaisanciers disaient admirer ma force et ma résistance, mais je savais que ça discutait ferme, dès que j'avais le dos tourné : qui avait fait la connerie fatale et laquelle ? Je ne pouvais aller nulle part sans qu'on me dévisage ou qu'on me montre du doigt, au point que je pris l'habitude de porter des lunettes de soleil presque en permanence.

Les choses ne se passèrent pas trop mal au début. Je me levais le matin, je faisais mon boulot, je ne craquais pas. Mais mon apparente maîtrise de la situation commença de s'effriter le jour où Brad débarqua chez moi à l'improviste, à Fort

Lauderdale. Je ne l'avais pas revu depuis la sortie de l'hôpital. Il apportait un magazine de voile anglais où figurait en couverture la photo de Mark, ses yeux pâles tout brillants.

– Regarde, Debbie, le diable ! fit Brad en ne plaisantant qu'à moitié. Il nous hante !

Je mis Brad à la porte de chez moi, feignant de ne pas remarquer la peine que trahissait son regard. Il ne comprenait pas quelle torture c'était pour moi de le revoir. Le lendemain matin, je réussis à remonter à bord du *Shambala* mais j'étais au trente-sixième dessous. Je sombrai dans une horrible sinistrose dont je n'arrivais plus à émerger. Dès que je sortais en mer, je vivais dans l'angoisse d'une catastrophe et, au moindre problème, j'étais persuadée que j'allais basculer dans la folie. Je réussis tant bien que mal à tenir pendant les mois suivants mais, dès la fin du SORC, je quittai le bateau pour rentrer à La Nouvelle-Orléans.

Mais sans la voile, j'étais perdue. Je succombai une fois de plus à la boulimie, me mis à boire, me lançai dans une liaison tumultueuse, me disputai avec ma mère, sans compter que je m'en voulais à mort d'être en pareil état. Tu es lamentable, me répétais-je. Tu ne mérites pas d'être en vie. Je ne comprenais pas ce qui m'était arrivé : pourquoi avoir survécu ? Et pourquoi moi ?

J'évitais soigneusement tout ce qui pouvait me rappeler le *Trashman* de près ou de loin mais, la nuit, les souvenirs resurgissaient en foule, me noyant sous le raz de marée du désespoir. Je revivais tout sur l'écran noir du sommeil : la pointe du mât du *Trashman* s'enfonçant dans l'eau, l'effroyable cri de John, l'assaut répété des requins contre le fond du bateau. Je revoyais le corps sans vie de Meg monter et descendre au gré des vagues, les mains de Mark se déplaçant tout autour du bord du Zodiac, l'eau bouillonnante et rouge de sang. Je me réveillais le plus souvent pour m'apercevoir que j'avais mouillé mon lit.

Malgré tout, il m'était presque impossible de rester loin

des bateaux. Je les aimais toujours, ou tout au moins ce qu'ils avaient représenté pour moi avant le naufrage, et j'avais de la peine en repensant à l'innocent plaisir que j'éprouvais à briquer les cuivres d'un yacht, à passer le jet sur un pont luisant, à sentir une voile se gonfler au souffle d'une brise rafraîchissante. Ah, les belles joies simples !

En 1983, je m'inscrivis à la Landing School d'architecture et de construction de bateaux de plaisance, dans le Maine, avec la vague idée que mon expérience sur le *Trashman* pourrait me servir pour concevoir un bateau plus stable. Je m'achetai un berger allemand, je louai une petite maison à Kennebunkport et je fis de mon mieux pour me plonger dans mes études. A l'école, installée dans une ferme, l'ambiance était décontractée et les gens se montraient gentils, mais cette gentillesse me démontait complètement. A vrai dire, je cafouillais pas mal et j'amorçai une chute en vrille en apprenant que Morris Newberger avait fait construire un nouveau bateau peint en vert et baptisé... *Trashman*.

Avant même la fin du premier semestre, je m'étais remise à boire, je faisais la grasse matinée tous les jours, je séchais les cours et je négligeais mon travail. Je m'empiffrais continuellement pour essayer de combler le trou sans fond qui béait en moi. Je passais aussi des heures seule à prier dans la petite église catholique. Prier dans l'espoir que me vienne une aide – de quelqu'un ou de quelque chose.

Le seul point positif de cet hiver-là fut la rencontre de John Kiley au salon nautique de New York. J'avais fait sa connaissance l'été d'avant à Newport, pendant l'America's Cup. John avait fait le tour du monde à la voile au début des années soixante-dix dans un Tahiti ketch de dix mètres. On déjeuna ensemble à New York, puis on se revit quinze jours plus tard. Il était le premier à vraiment me comprendre, quand je parlais du *Trashman*. Je sentis doucement renaître l'espoir : j'allais remettre de l'ordre dans ma vie, lutter contre la boulimie, m'investir dans mon travail à l'école, refaire de la voile.

Mais sur ces entrefaites, mon chien se fit écraser, John fila aux Caraïbes avec son ancienne petite amie et je partis surfer avec Woody. Et c'est alors que commença la fuite en avant.

Je passai les vacances de printemps au Texas chez mon père et ma belle-mère, m'efforçant de regagner un semblant d'équilibre. Et grâce à eux et à des amis tels que Auntie Skeet, Uncle Jim, Tisa et Dave, je retrouvai peu à peu une certaine force. Je pris conscience que si j'avais tellement de mal à assumer le naufrage, c'était en partie parce que tant de questions étaient restées sans réponses, en particulier quant au rôle des gardes-côtes.

J'étais très troublée par les contradictions qui figuraient dans leurs rapports sur les opérations de recherche et de sauvetage. Le plus étonnant était l'appel qu'ils prétendaient avoir reçu, quelques heures à peine après le naufrage, d'une personne non identifiée déclarant que le *Trashman* avait mouillé sans encombre à Wilmington, en Caroline du Nord.

Je voulais savoir : que croyaient-ils qu'il nous fût arrivé et pourquoi avaient-ils apparemment annulé les recherches sans vérifier au préalable que nous étions effectivement sains et saufs ? Tisa m'emmena voir un avocat susceptible de m'aider, mais celui-ci pensa que nous ferions mieux de faire appel à un de ses confrères de la côte est. Finalement, je m'adressai à un excellent cabinet d'avocats du Maine, spécialisés dans le droit maritime, où l'on me conseilla d'intenter un procès aux gardes-côtes des États-Unis.

A mon retour à l'école d'architecture de navigation de plaisance au printemps 1984, John Kiley réapparut dans ma vie, annonçant qu'il avait rompu avec son ancienne petite amie. John travaillait dans un cabinet d'architectes de bateaux de plaisance à Boston et je pris l'habitude d'aller passer les week-ends avec lui. Quelques mois plus tard, nous nous fiancions. Avec John, je me sentais en sûreté, la tête sur les épaules et, pour la première fois de ma vie, vraiment aimée. Il savait écouter sans se lasser et jamais il ne portait de jugements. Je réussis à maîtriser ma boulimie. Ma vie repartait enfin du bon pied...

On se maria à l'automne 1984, John et moi, et notre premier enfant naquit neuf mois plus tard. Mais je fis un rêve épouvantable, la veille de la naissance de Marka : pédalant dans l'eau pour surnager, je tenais mon bébé à bout de bras au-dessus de ma tête, encerclée par des requins.

Un peu moins d'un an plus tard naissait notre second enfant, John IV. Juste avant la naissance, j'avais consenti à mettre un terme à mes poursuites contre les gardes-côtes. C'était ce que m'avaient conseillé mes avocats, après deux douloureuses années de dépositions et d'interrogatoires qui n'avaient produit aucune réponse satisfaisante à mes questions. Mais je n'avais plus la force de poursuivre, j'avais des enfants à élever.

Malgré le joyeux chaos que semaient dans la maison deux enfants en bas âge, il ne se passait pas de jour sans que je repense au *Trashman*. Je restais parfois anéantie par mes souvenirs. Je pouvais me laver tranquillement les cheveux sous la douche et me retrouver, l'instant d'après, à sangloter désespérément, assise dans la baignoire. Les cauchemars n'avaient jamais cessé non plus.

Il m'était particulièrement pénible de revoir Brad. Il continuait de pratiquer la voile avec un zèle que j'attribuais à son profond besoin de se prouver sa propre valeur. Il faisait souvent halte chez nous, près de Boston, pour se reposer un jour ou deux avant de reprendre la mer. John et lui étaient devenus amis et nous passions de longues soirées, tous les trois, à discuter de Mark, de Meg et John, et des incidents qui avaient entraîné le naufrage. Mais les visites de Brad me laissaient toujours ébranlée.

Cependant, la facilité avec laquelle il avait repris la mer m'épatait, moi qui m'étais aperçue que je ne pouvais même pas la regarder sans être prise de vertiges. Bien qu'ayant épousé un homme qui dessinait des voiliers de plaisance et qui en possédait lui-même plusieurs, ainsi qu'une maison de vacances à Cape Cod, c'est à peine si j'arrivais à tremper le pied dans la mer. Alors, quant à faire du bateau... John ne m'y poussait jamais, mais j'avais malgré tout l'impression de ne pas être à la hauteur. Les rares fois où je me forçai à tenter une petite sortie avec lui dans la baie, je fus malheureuse comme les pierres tout du long. Je ne supportais même pas le souffle du vent sur ma figure.

Et puis notre couple connut un moment difficile et, en 1987, je quittai John pour aller passer quelque temps au Texas avec les enfants. J'avais terriblement peur que la boulimie ne me reprenne. J'allais à l'église régulièrement et je me mis à consulter une conseillère psychologique, deux fois par semaine. Elle m'aida à voir que j'étais toujours en fuite, que je ne serais jamais heureuse tant que je refuserais de prendre le taureau par les cornes : à savoir entreprendre le dur travail d'affronter ce qui me faisait fuir. Je trouvai finalement de l'aide auprès des Boulimiques anonymes et des Adultes, ex-enfants d'alcooliques. Cinq mois plus tard, je repartais rejoindre John, bien décidée à tout faire pour la réussite de notre couple.

Il y avait quantité d'obstacles à surmonter, mais j'appris peu à peu à gérer les aspects négatifs de ma vie. Je réussis même à renouer progressivement des rapports corrects avec ma mère. Mais je n'avais toujours pas trouvé le moyen d'assumer le naufrage du *Trashman* et c'est en 1990 que je décidai de mettre toute l'histoire par écrit.

L'écriture d'*Albatros* a été une véritable épreuve. Que de fois j'ai eu envie d'abandonner, de peur de ne pas avoir la force de tout revivre en pensée ! J'ai consulté des thérapeutes, des hypnotistes et des psychiatres, jusqu'au jour où j'en ai trouvé un qui m'a aidé à comprendre que je souffrais d'un trouble classique, le stress post-traumatique. Je n'étais pas folle, il fallait simplement trouver le moyen d'exorciser les démons du passé afin de pouvoir définitivement tourner la page pour aller de l'avant.

C'est précisément ce que l'écriture de ce livre m'a aidé à faire, me donnant même de surcroît la force de reprendre la mer – un petit miracle ! C'est ainsi que je décidai de participer à une série de six régates étalées sur trois week-ends de l'été 1992. Nous devions courir sur un voilier de John, le *Venture*, un Wianno Senior de plus de huit mètres, à coque en bois et gréement à corne.

Les quatre premières régates se passèrent plutôt bien, malgré une collision sans gravité avec l'un des autres bateaux engagés dans la course. On était très loin dans le classement mais je me sentais bien : je refaisais de la voile et je tenais le coup.

Tôt le matin de la cinquième régate, la journée s'annonçait claire et chaude, avec pas mal de vent. Quand on emprunta la navette du Hyannisport Yacht Club pour rejoindre notre bateau, John et moi, le vent avait déjà considérablement fraîchi. Le club fêtait son soixante-quinzième anniversaire et il y avait des foules de concurrents pour la régate, des voiliers de toutes les classes, des 5-0-5 aux Lasers et aux Beettle Cats. Je vis passer un dériveur qu'on remorquait pour le ramener à quai, puis un autre, et encore un autre. Et même un Knockabout de Cape Cod, complètement submergé. Mon estomac se mit à gargouiller, mes épaules se raidirent. Un des passagers de la navette raconta qu'on avait annulé certaines régates à cause du nombre de dériveurs qui avaient dessalé.

Sentant ma vieille sinistrose me gagner, je la combattis vigoureusement, me rappelant que les Seniors sont des bateaux qui ont de toute façon besoin de beaucoup de vent pour marcher. Avec un vent de nord nord-est soufflant à trente nœuds et en rafales, et qui fraîchissait encore, la traversée du port au vent de travers pour gagner le large ne se fit pas sans éclaboussures. Mais ce n'est qu'une fois passé la jetée que la pleine force du vent se fit sentir : tout autour de nous, des petits voiliers se retournaient.

Tandis que John s'affairait à préparer le départ avec nos équipiers, Peter et Stewy, deux voix s'affrontaient en moi : on ne va tout de même pas rester ici, non ? Bah, pas de problèmes, John est là. Je perds la tête ou quoi ? Non, tu te débrouilles bien. Ah non, je veux débarquer ! Mais tu es en sûreté. Non, il faut que je débarque. Mais tout ira bien. Non, je vais mourir...

– O.K., les gars, faites bien attention, dit John. Prêts à border les voiles ?

Tournant les winches, on borda les voiles jusqu'à ce qu'elles soient bien étarquées. Nous rampions vers les filières sur le bord au vent, Peter et moi, quand une énorme vague déferla sur l'étrave du bateau. Je la pris en pleine figure, les yeux brûlants, la bouche pleine d'eau salée. Ne panique pas, surtout ne panique pas ! me répétai-je comme une incantation, tout en sachant que la bataille était perdue d'avance. J'avais le vertige, la respiration accélérée.

– On va donner un peu de mou et on ira reconnaître la ligne de départ, fit John.

Quel calme et quelle maîtrise dans sa voix ! Concentre-toi sur lui et fais ton boulot, me dis-je.

On manœuvra à travers la flottille de voiliers qui convergeaient vers la ligne de départ. Le signal des dix minutes de compte à rebours fut donné, bientôt suivi d'un autre coup de feu pour indiquer un report. Mon cœur sauta de joie : le vent était trop fort, ils seraient obligés d'annuler la course ! Pendant qu'on tirait des bords dans les parages en attendant la décision des juges, on remarqua une petite déchirure dans la grand-voile. Impossible de réparer à bord dans de telles conditions. Alors, nous serions bien forcés de rentrer pour éviter que la voile ne se déchire davantage, non ?

– Ça y est, ils ont enlevé le signal du report, constata John. La régate va avoir lieu ! (Tout le monde salua la nouvelle par des cris de joie, sauf moi.)

Le signal du départ retentit. Le lourd ballet des voiliers s'ébranla, rythmé par les craquements du bois et le claquement des voiles. On arriva à se glisser entre les concurrents pour passer la ligne de départ tribord amures, attendant que les bateaux s'écartent les uns des autres pour changer d'amures. Le vent soufflait irrégulièrement, par violentes rafales, et j'avalais des paquets de mer à mon poste, près du balcon.

Une fois passé la bouée, on mit cap au large, préparant le tangon et le spinnaker pour envoyer le spi. Tandis qu'un des concurrents de tête virait à la bouée, je vis une énorme vague s'abattre sur le pont de leur bateau et projeter leur spi hors de son sac. Aussitôt gonflée par le vent, la voile fit gîter le bateau que, par chance, les équipiers réussirent à redresser au dernier moment.

– John, je sais pas si on peut marcher au spi par un vent pareil, dis-je dans l'espoir qu'il nous dispenserait d'essayer.

– On verra bien, répondit-il. (Les deux bateaux de tête envoyaient justement les leurs.)

Et merde ! pensai-je.

Ayant passé la bouée suivante avec plusieurs autres bateaux, on abattit un peu avant d'envoyer le spinnaker qui nous fit décoller à toute vitesse.

– On est en quatrième position, remarqua Pete.

Une forte rafale nous fit gîter, mais Stewy réussit à choquer la grand-voile juste à temps pour nous redresser. Grisée par l'adrénaline, je tremblais d'excitation, au-delà de la peur, au-delà de toute pensée rationnelle. J'avais une seule chose en tête : éviter de devenir folle sous les coups du vent, sur ce bateau qui roulait et surfait sur les vagues.

Une énorme rafale nous a heurtés. Peut-être ai-je crié à ce moment-là. Tout ce que je sais, c'est que je me suis tournée vers John, cherchant son regard pour qu'il me rassure, mais ô horreur ! – je n'ai rien trouvé de tel ! Le galhauban de tribord a cédé et l'épais mât de bois massif a cassé net, comme une vulgaire allumette, emportant tout dans sa chute par-dessus bord – aussières, poulics, haubans et voiles. Quand John s'est retourné vers moi, l'étonnement le plus total se peignait sur son visage.

Mais le plus surprenant fut ce qui se produisit alors en moi : au lieu de pleurer, de m'effondrer en larmes sur le pont, de craquer pour de bon, je me suis dit : Bon d'accord, il nous est arrivé un sale truc, un très mauvais coup, mais je respire toujours, tout va bien.

– Allez, les gars ! ai-je crié, surprise par la force de ma voix. Ramenons le mât contre le bateau avant qu'il fasse plus de dégâts. Attrapez donc un tournevis pour qu'on désenvergue la grand-voile, et sortons les autres voiles de l'eau. (J'ai vu John me sourire : il avait compris.)

Le bateau fut remorqué jusqu'à son mouillage, puis la vedette du club nous ramena à terre. Tout le monde se précipita à notre rencontre pour voir comment j'allais. Je suppose qu'ils s'attendaient à ce qu'on doive me porter hors du bateau.

– Et si on se trouvait un autre mât pour faire la régate de demain ? proposai-je à John en rentrant à la maison.

Et c'est exactement ce que l'on fit. On s'activa tard dans la nuit pour réparer le gréement de *Venture*, y mettant même la dernière main tandis qu'on nous remorquait jusqu'à la ligne de départ. Mais quand le signal du départ fut donné, à deux heures de l'après-midi, nous étions prêts, à la stupéfaction des autres concurrents. Après un excellent départ, on se trouvait dans les bateaux de tête au passage de la première bouée. De la quatrième position, on remonta même à la troisième, puis à la seconde. Je me retournai pour sourire à John et l'on échangea un signe de victoire, le pouce en l'air.

Je goûtais la caresse du vent sur mon visage, le sel des embruns sur ma peau, le doux sifflement du vent dans les haubans. Levant victorieusement le poing, je poussai un grand cri de joie. John trouva plus de vent encore et je sentis le bateau décoller, fendant la crête des petites vagues, tout vibrant de vitesse comme s'il voulait s'envoler. Il y avait de l'eau qui sautait de partout, qui m'éclaboussait, et je jubilais, criant ma joie au vent. Et je sus alors, au plus profond de moi, que ce n'étaient pas des voiles qui m'emportaient à toute allure, mais des ailes.

ANNEXES

ANNEXE A

RAPPORT DES GARDES-CÔTES SUR LE NAUFRAGE DU *TRASHMAN*

*Extraits du rapport final
établi par l'officier chargé de l'enquête,
United States Coast Guard Marine Safety Office,
Wilmington, Caroline du Nord.*

Le 24 octobre à 06.54, *Trashman* a établi une liaison radio avec la station USCG [1], Georgetown, Caroline du Sud. *Trashman* a indiqué qu'il s'agissait d'un signalement de position et non d'un SOS, et qu'ils étaient stationnaires, sans moteur… A 07.10, *Trashman* a établi une liaison radio avec le groupe USCG de Charleston, Caroline du Sud, indiquant sa position… *Trashman* a signalé à Charleston qu'ils marchaient à la voile à une vitesse de cinq à cinq nœuds et demi, que le moteur ne fonctionnait plus et que les batteries étaient faibles. Ils ont aussi déclaré qu'ils n'étaient pas en danger. Charleston ayant signalé à *Trashman* que Wilmington, Caroline du Nord, était le port le plus proche, *Trashman* nous a avisés qu'il allait mettre le cap sur ce port, bien que cela le contraigne à naviguer vent de travers…

A 08.55, John Lippoth a déclaré au Groupe de Charleston : « Je crois que je vais devoir demander l'aide des gardes-côtes. » Il a indiqué sa position…

A environ 09.25, Mark Adams a signalé à Charleston que le bateau ne prenait plus d'eau et qu'il « subissait juste un petit coup de vent », mais il a réitéré la demande d'aide aux gardes-côtes. Le Cinquième District des gardes-côtes RCC a

1. USCG : abréviation de *United States Coast Guard*, Garde-côte des États-Unis. *(NdT)*

donné instruction à un avion C-130 d'Elizabeth City, Caroline du Nord, d'aller repérer le bateau et de lui porter assistance...

A 09.50, CG 1347 (l'avion C-130) a survolé *Trashman*. Ils ont observé... la présence d'écume excessivement abondante dans l'air, au niveau de la mer, et *Trashman* qui gîtait, prenant les vagues par le travers... Un contact radio établi entre l'avion et *Trashman* a permis d'établir qu'aucune assistance immédiate n'était nécessaire, en dehors d'un remorquage que l'avion ne pouvait effectuer. A 11.05, l'avion a conseillé à *Trashman* de surveiller son équipement électronique afin de conserver les batteries pour pouvoir brancher la radio et établir une liaison, une fois par heure. On a également informé *Trashman* que le cargo *Gypsum King* (Royaume-Uni) faisait route vers eux et que son heure d'arrivée sur les lieux était estimée à cinq heures et demie plus tard. A 10.20, le Cinquième District RCC avait en effet demandé assistance au *Gypsum King* qui s'était immédiatement dérouté, bravant la mer et le mauvais temps pour rejoindre *Trashman*. L'avion n'a pas communiqué à Charleston les observations et les conseils qu'il avait donnés à *Trashman*. Il est ensuite parti à la recherche du navire *Obligation*. En route, l'avion a subi une panne de générateur dans un moteur et une dangereuse saute de vent, et le commandant a décidé de rentrer à Wilmington, Caroline du Nord, plutôt que de risquer la vie de l'équipage.

A 12.00, *Trashman* a établi la liaison prévue avec Charleston et indiqué sa position... Charleston les a informés que l'heure d'arrivée estimée du *Gypsum King* était 20.00. Charleston n'a pas eu de liaison avec le *Gypsum King*. Charleston a recommandé à *Trashman* d'économiser ses batteries et de les rappeler à 13.00...

A 13.13, Charleston a vainement essayé d'entrer en communication avec *Trashman* mais n'a pas déclenché d'opération de recherche. Après cela, aucune des unités de gardes-côtes n'a fait de tentative de liaison ou de recherche du bateau...

Du 24 octobre, 15.50, au 25 octobre, 00.00, *Exxon Huntington* a mis en panne à cause des conditions météorologiques, à une dizaine de kilomètres ouest/sud-ouest de la position signalée à midi par *Trashman.*

A 15.35 environ, le Groupe de gardes-côtes de Charleston a reçu un appel d'un correspondant inconnu déclarant que *Trashman* faisait route vers Wilmington, Caroline du Nord...

A 21.10 environ, le Groupe de gardes-côtes de Charleston a reçu un appel d'un correspondant inconnu déclarant que *Trashman* était arrivé à bon port à Wilmington, Caroline du Nord...

Le 28 octobre... un bateau de pêche *(sic)* russe, *Olene gorsk, Vhbs,* a découvert le canot avec deux survivants... Les survivants ont été ramenés à terre à Morehead City, Caroline du Nord.

Le 2 novembre, le canot [Zodiac] a été retrouvé par le *Belle Van Zuylen* au voisinage du phare de Diamond Head, au cap Hatteras, Caroline du Nord. Le canot a été expédié à Fort Lauderdale où Deborah Scaling l'a identifié comme étant bien celui du *Trashman...*

ANNEXE B

LE SAUVETAGE PAR LES RUSSES

Ce qui suit est un article de journal traduit du russe, dont l'auteur est le Dr Leonid Vassiliev, médecin de bord du cargo Olenegorsk.

Le 28 octobre 1982, le cargo *Olenegorsk* effectuait un transport de marchandises entre Cuba et le Canada dans de mauvaises conditions météorologiques : vents de force 7 à 8, vagues de trois à quatre mètres. Il était aux environs de midi quand, à près de cent soixante-dix milles des côtes américaines (en face de l'État de Caroline du Nord), le pilote de quart, Yu. P. Kaveshnikov, a repéré au loin un petit bateau avec des personnes à bord faisant de grands gestes pour appeler à l'aide.

La semaine précédente, un ouragan s'était en effet abattu sur la côte est des États-Unis, causant le naufrage de plusieurs bateaux. Les gardes-côtes en avaient diffusé la nouvelle à la radio.

Dès que nous eûmes repéré les rescapés, notre bateau se dérouta pour leur porter secours. A mesure que nous approchions, nous découvrions un petit bateau pneumatique où étaient assis un jeune homme et une jeune fille qui, à soixante-soixante-dix mètres de distance, nous semblèrent tout à fait satisfaits de leur sort. Leurs vêtements et leurs sourires ne laissaient rien deviner de la tragédie qu'ils avaient vécue et dont nous ne savions rien alors.

Il fut décidé de virer afin de nous rapprocher un peu plus du canot, de leur lancer un filin pour le remorquer afin d'amener les deux jeunes gens à bord. Notre première tentative se solda par un échec en raison de la grosse mer et de la force du courant. Il nous fallut trois passages avant d'arriver à une quarantaine de mètres du canot.

A.M. Zaichenko, un de nos officiers qui est un navigateur expérimenté, donna l'ordre de jeter par l'arrière une bouée munie d'un long filin (plus de cent mètres de long) et d'envoyer par bâbord deux autres filins plus courts. Des précautions qui ne furent pas vaines, la suite des événements allait le prouver.

Le marin A. Antonov lança le filin par-dessus bord mais, comme pour faire échec à notre plan, le cordage manqua le canot de quelques mètres. Pendant ce temps-là, le courant continuait d'éloigner les rescapés. Comprenant mal nos intentions, le jeune homme puis la jeune fille abandonnèrent le canot et sautèrent à l'eau pour essayer d'attraper le filin à la nage.

Le garçon l'atteignit et saisit la bouée des deux mains mais la jeune fille fut emportée par une vague et entraînée contre le flanc du navire par le courant. S'en apercevant, le garçon lâcha la bouée et nagea pour rattraper la jeune fille, sous les yeux horrifiés des personnes présentes sur le pont qui les virent tous deux balayés par le courant et constamment submergés par de hautes vagues. La catastrophe semblait imminente.

Mais, grâce au filin attaché à la bouée que nous avions lancée très loin, nous réussîmes malgré tout à sortir le couple de l'eau. Le garçon et la fille s'agrippaient obstinément à leur dernier espoir : la bouée. Mais le mouvement du bateau – qui n'était pas complètement arrêté –, conjugué au jeu du filin qui se tendait et se détendait brusquement, pouvait laisser craindre une rupture du cordage. Faisant la chaîne sur le côté du navire, six membres de l'équipage commencèrent à remonter lentement la bouée, et avec elle, les rescapés. Leurs silhouettes disparaissaient de temps à autre sous les vagues et nous redoutions de ne voir réapparaître que la bouée. Cette fois-ci, pourtant, la chance était de notre côté : nous réussîmes enfin à hisser les deux jeunes gens sur la passerelle qui avait été descendue juste à temps.

Portant un gilet de sauvetage et retenu par un filin, le menuisier Yu. Dogarev parvint à descendre les marches, à attraper les deux rescapés et à les hisser sur la passerelle juste à temps. C'est alors qu'une grosse vague les submergea tous les trois. Dernière tentative d'une mer cruelle pour nous arracher ceux qui avaient été destinés à périr ! Mais notre collègue Yura se rendit maître de la situation et réussit à maintenir les rescapés sur la passerelle.

Le garçon et la jeune fille étaient à bout de forces.

Incapables de bouger seuls, ils furent vite emmenés à l'infirmerie. Ils présentaient tous deux les symptômes d'un état de choc, d'hypothermie et de déshydratation, et ils avaient la peau couverte de plaies suppurantes. On leur administra des soins intensifs, avec transfusion sanguine, réchauffement, etc.

Quand leur état se fut amélioré, les deux rescapés nous parlèrent d'eux et des malheureux événements qu'ils venaient de vivre.

Debbie Skanding *(sic)*, vingt et un ans, de la Nouvelle-Orléans, était une navigatrice expérimentée qui avait parcouru les mers de nombreux pays.

Brad Cavanaugh *(sic)*, vingt-deux ans, était un étudiant originaire du Massachusetts.

Le 22 octobre, ils avaient quitté la Floride pour les Bahamas en compagnie d'amis sur un deux-mâts de seize mètres de long. L'équipage comprenait cinq personnes, deux femmes et trois hommes. Le lendemain de leur départ, une puissante tempête se leva et l'un des mâts du bateau cassa. Peu après, une vague brisa un hublot et, en quelques minutes, le yacht s'emplit d'eau et sombra. Le naufrage eut lieu le 23 octobre. Les cinq membres de l'équipage réussirent à monter dans un petit canot de sauvetage pneumatique. De toute évidence victime du stress engendré par une telle épreuve, l'une des jeunes femmes mourut bientôt et il fallut abandonner son corps à la mer furieuse. Un banc de requins encercla le canot, faisant encore monter la tension, au dire de Brad et Debbie. La situation fut aussi aggravée du fait que le prétendu canot de « sauvetage » ne remplit guère son office puisqu'il ne contenait ni couvertures ni nourriture, à savoir aucun des équipements qu'un bateau de sauvetage doit avoir à bord pour les urgences.

Le canot dériva en pleine mer pendant cinq jours et cinq nuits. L'extrême tension nerveuse, la peur, la faim et la soif eurent de terribles conséquences : deux des hommes perdirent la tête. L'un d'eux se jeta à la mer en disant qu'il partait dans un bar boire une bière et acheter des cigarettes. L'autre ne tarda guère à lui emboîter le pas, quelques heures seulement avant que les rescapés soient repérés par le navigateur de quart sur notre bateau.

Debbie et Brad soulignèrent qu'au cours de leurs cinq jours et cinq nuits en mer, plusieurs navires étaient passés près d'eux, dont un bateau américain, mais qu'aucun ne les avait secourus.

Les Américains nous embrassèrent les mains en signe de gratitude et Debbie tint à nous remercier en nous offrant la chaîne qu'elle portait autour du cou.

L'équipage entier se montra très attentif au bien-être des rescapés. Tous ceux qui en eurent l'occasion firent leur possible pour les soulager. Nous étions tous préoccupés par leur état de santé, et non sans raison car tous deux souffraient d'un début d'affection pulmonaire due à l'hypothermie et à l'épuisement.

L'officier radio établit une liaison avec les gardes-côtes américains. Il fut décidé que les rescapés seraient emmenés au port américain le plus proche d'où ils seraient transférés à l'hôpital. Debbie et Brad passèrent une douzaine d'heures à bord avec nous. Le 28 octobre, vers minuit, notre bateau jeta l'ancre au large du port de Beaufort. Ayant habillé les rescapés américains de chauds lainages, on les porta avec précaution à bord de la petite vedette des gardes-côtes. Brad et Debbie nous dirent à quel point ils nous étaient reconnaissants de les avoir sauvés et s'excusèrent de ne pas pouvoir prouver leur gratitude par une récompense matérielle. Ils ignoraient, bien sûr, qu'une telle idée est étrangère à la pensée des marins soviétiques. Il n'y a pas pour nous de plus haute récompense que la joie et la satisfaction d'avoir pu sauver des vies humaines.

Le lendemain, notre capitaine reçut un télégramme adressé par J. Costello, commandant de la Cinquième Section des gardes-côtes des États-Unis, dans lequel il exprimait sa gratitude à tout l'équipage pour le sauvetage des deux rescapés, une intervention effectuée, selon ses termes, dans la plus pure tradition de la marine.

Une semaine plus tard, notre bateau arrivait à Montréal. Nous téléphonâmes à La Nouvelle-Orléans dans l'espoir de prendre des nouvelles de la santé de Debbie auprès de ses parents. Quelle ne fut pas notre surprise et notre joie quand Debbie elle-même vint nous répondre, nous annonçant qu'elle se sentait bien, qu'elle était suivie médicalement et que Brad aussi allait bien ! La jeune Américaine a conclu en déclarant : « J'aime tous les Russes ! »

Cet ouvrage
réalisé pour le compte des Éditions Phébus
a été mis en pages par In Folio,
reproduit et achevé d'imprimer
en mars 1995
dans les ateliers de Normandie Roto Impressions S.A.
61250 Lonrai
N° d'imprimeur : I5-0291

Dépôt légal : avril 1995
I.S.B.N. : 2-85940-372-8
I.S.S.N. : 0180-9687